cDv
DRESSLER

Heidi Linde

Alles Lüge

oder

Wer liest schon fremde Tagebücher

Aus dem Norwegischen von
Maike Dörries

Cecilie Dressler Verlag · Hamburg

Diese Übersetzung erscheint
mit freundlicher Unterstützung
von NORLA, Oslo.

Originaltitel: *Jug!*
Aus dem Norwegischen von Maike Dörries
Einband von Anke Kuhl
Satz: Dörlemann Satz, Lemförde
Druck und Bindung: Pustet, Regensburg
Printed in Germany 2007
ISBN 978-3-7915-1208-2

www.cecilie-dressler.de

1

Sommerferien, das hatte bisher immer bedeutet: Mama und Annika.

Ein paarmal plus Oma und Opa in Dänemark, einmal mit einem Typen namens Sverre im Süden, aber meistens nur Mama und Annika allein in einem Wohnwagen, den sie von Onkel Ove geliehen hatten. Mama und Annika in dem kleinen roten Fiat, den Wohnwagen im Schlepptau, im Radio lauter Lieder, die sie mitsingen konnten, mit runtergekurbelten Scheiben und warmem Sommerwind in den Haaren.

Früher mal, vor langer Zeit, waren sie zu dritt im Fiat unterwegs gewesen. Aber da war Annika noch so klein, dass sie in einer Tragetasche auf der Rückbank gelegen hatte. Manchmal versuchte Annika sich vorzustellen, wie es wäre, wenn ihr Vater noch lebte. Wie es wäre, wenn er mit ihnen im Auto säße, auf dem Weg in den Urlaub. Würde er über ihre Witze lachen und mit ihnen zusammen singen? Und würde Mama ihm das Steuer überlassen oder darauf bestehen, selber zu fahren? Annika war klar, dass sie auf diese Fragen nie eine Antwort bekommen würde. Und außerdem fiel es ihr schwer, jemanden zu vermissen, an den sie sich nicht erinnern konnte.

Jeden Sommer schloss Mama ihren Friseurladen für ein paar Wochen, und dann packten sie das Auto bis unters Dach voll und düsten los. Jedes Jahr. Genau so sollte der Sommer sein, dachte Annika. Haargenau so! Aber nicht dieses Jahr. Dieses Jahr war alles anders.

Die Veränderung hieß Fredrik. Er hatte schwarz schimmerndes Haar und tat ständig groß damit, wie viel er arbeitete. Die Veränderung trug Anzug und Krawatte und fuhr ein großes Auto. Und das Schlimmste von allem: Fredrik hatte eine Tochter.

»Ist das zu eng?«, fragte Mama.

Sie stand im Wohnzimmer in einem Chaos aus Koffern und Kleiderbergen und probierte das kurze rote Kleid an. Sie zupfte den Stoff über dem Hintern zurecht. Annika musterte sie über den Rand des Comics, mit dem sie sich aufs Sofa verkrümelt hatte.

»Nein«, sagte Annika. »Du siehst super aus.«

»Uff!«, sagte Mama, als sie das Kleid über den Kopf zog.

»Was ist?«, fragte Annika.

Mama seufzte, knüllte das Kleid zusammen und wühlte in dem Haufen Kleider auf dem Boden.

»Was ist?«, wiederholte Annika ihre Frage. »In dem Kleid sahst du doch fast wie ein Model aus!«

Statt zu lächeln, seufzte Mama noch einmal.

»Der Ausschnitt ist zu tief«, sagte sie. »Ich will schließlich nicht vulgär wirken.«

Sie zog eine kleingeblümte Bluse aus dem Kleiderhaufen, eine langweilige Omabluse, die im Altersheim bestimmt Liebhaberinnen gefunden hätte.

»Das ist doch nicht dein Ernst, oder?«, platzte Annika heraus.

Mama antwortete nicht. Sie knöpfte die Bluse bis oben zu und zog einen Jeansrock an, den Annika noch nie gesehen hatte. Normalerweise trug ihre Mutter kurze, enge Röcke. Dieser Rock war weit und reichte ein ganzes Stück übers Knie.

»So.« Mama lächelte zufrieden. Sie hob den Blick und sah Annika zum ersten Mal an diesem Tag direkt in die Augen.

»So ist es schon besser, oder?«

Annika machte den Mund auf, aber ihre Mutter hatte sich bereits wieder abgewendet und erwartete offensichtlich gar keine Antwort. Sie räumte die roten, hochhackigen Schuhe weg und schob die Füße in ein Paar flache Sandalen, ehe sie in die Küche lief.

Daran ist einzig und allein die Veränderung schuld!, dachte Annika. Richtig gut leiden würde sie Fredrik wahrscheinlich nie können, obwohl sie sich schon vorstellen konnte, mit ihm zu leben. Notfalls auch mit seiner Tochter. Wäre da nicht das, was er mit ihrer Mutter machte, wie ihre Mutter sich durch ihn veränderte. *Damit* wollte Annika auf keinen Fall leben.

»Hast du deine Sachen gepackt?«, rief Mama aus der Küche.

Annika antwortete nicht. Ihr stieg ein Geruch in die Nase, den sie schon ewig nicht mehr gerochen hatte. Sie legte das Comicheft auf den Tisch, stand auf und ging in die Küche. Und tatsächlich: Ihre Mutter rauchte. Nicht entspannt und gedankenverloren am Küchentisch wie früher, sondern halb aus dem offenen Fenster hängend, hektisch, als hätte sie Angst, jemand könnte sie dabei sehen.

»Eigentlich habe ich ja aufgehört!«, sagte Mama, als sie Annika in der Türöffnung erblickte.

»Das sehe ich«, sagte Annika.

Ihre Mutter schaute ertappt drein und lächelte verlegen.

»Du brauchst es ja niemandem zu verraten.«

Annika verschränkte die Arme vor der Brust und lehnte sich mit der Schulter gegen den Türrahmen.

»Ich bin nicht deine Mutter«, sagte sie.

»Natürlich nicht«, sagte Mama schnell. »Aber du weißt schon, wie ich das meine.«

»Wenn hier jemand heimlich raucht, dann ja wohl eigentlich ich, oder?«, sagte Annika.

Ihre Mutter wurde schlagartig ernst. Ein paar Ascheflocken rieselten auf die Fensterbank, ohne dass sie es merkte.

»Annika?«, sagte Mama. »Du hast doch nicht etwa angefangen zu rauchen?«

Ihre Stimme war schrill und viel zu laut. Im Normalfall hätte Annika an dieser Stelle gelacht. Aber im Augenblick war nichts normal und ihr war alles andere als zum Lachen zumute.

»Ach was«, sagte Annika. »Ich nehme nur ab und zu Drogen.«

Mutters Unterlippe begann zu zittern. Sie zog die Augenbrauen so hoch, dass sie unter dem Pony verschwanden.

»Mein Gott«, murmelte sie. »Das ist ja ... das ist ...« Sie wedelte mit der Hand herum, in der sie die Zigarette hielt, und rang nach Worten.

Spätestens hier hätte Annika tatsächlich loslachen sollen. Und wäre alles wie früher gewesen, wenn sie Mama wie so oft auf den Arm nahm, dann hätte sie auch gelacht. Mama hätte gelacht und gesagt, dass Annika sie nicht immer auf den Arm nehmen solle. Dabei wusste Annika, dass Mama von Anfang an wusste, dass sie auf den Arm genommen wurde, und Mama wusste, dass Annika es wusste, aber das machte nichts. So war es eben. So und nicht anders. Früher.

»Mama!« Annika versuchte zu lächeln. »Ich bin elf!«

»Ja und?«

»Was glaubst du denn von mir?«, sagte Annika.

An dieser Stelle hätte ihre Mutter lachen und so tun müssen, als merke sie erst jetzt, dass sie auf den Arm genommen wurde. Aber ihre Mutter lachte nicht. Sie zuckte mit den Schultern und wirkte fast ein bisschen eingeschnappt.

»Mit so was macht man keine Scherze«, sagte sie. »Man weiß ja nie.«

Ihre Stimme klang jetzt nicht mehr besorgt, sondern eher hektisch. Sie drückte die Kippe außen am Fensterrahmen aus, bevor sie sich umdrehte und den Blick über den Abwasch gleiten ließ, der sich in der Spüle stapelte, über die Zeitschriften, die über den ganzen Tisch verteilt waren, ihre halb volle Kaffeetasse und Annikas so gut wie unberührte Schale Cornflakes.

»Oje«, seufzte Mama mit einem Blick auf die Uhr. »Was Fredrik wohl sagen würde, wenn er dieses Durcheinander sähe?!«

»Wir können ihm ja erzählen, dass jemand gestorben ist«, meinte Annika.

Mama drehte sich langsam zu ihr um.

»Wir sagen einfach, wir stünden unter Schock und seien vor lauter Trauer nicht in der Lage, uns um so alltägliche Dinge zu kümmern!«

Mama starrte Annika an und öffnete langsam den Mund. Annika überlegte krampfhaft, wie sie das Gesagte zurücknehmen oder sich zumindest entschuldigen könnte, um eine Standpauke zu vermeiden, als Mamas Handy kurz piepste. Mama schnappte sich das Mobiltelefon und rief die eingegangene Nachricht ab. Schlagartig glätteten sich alle Falten auf ihrer Stirn und ihre Gesichtszüge wurden weich.

»Er verlässt jetzt das Büro«, sagte sie und lächelte vor sich hin.

Dann legte sie das Handy weg, ging zur Spüle und begann, das Geschirr zusammenzuräumen.

»Hast du an deine Badesachen gedacht?«, fragte Mama. »Fredrik hat erzählt, dass in der Nähe des Landsitzes ein kleiner Strand ist.«

»Landsitz?«, sagte Annika. »Ich dachte, das wäre ein Sommerhäuschen?«

Mama kramte ein Mundspray aus ihrer Handtasche und versuchte mit dreimaligem Sprühen den Geruch nach Rauch zu vertreiben.

»Fünf Schlafzimmer und zwei Bäder«, sagte sie und schnalzte mit der Zunge. »Das kann man wohl kaum als Sommerhäuschen bezeichnen!«

Annika zog ihren Koffer unter dem Bett hervor.

Den ausgebeulten, roten Koffer, der in jedem Urlaub dabei gewesen war, so weit sie zurückdenken konnte. Auf einem *Landsitz* war er bisher noch nicht gewesen. Annika warf den

Koffer aufs Bett und sah sich im Spiegel über der Kommode. Sie hatte kurze, leicht verstrubbelte Haare, die eigentlich keine bestimmte Farbe hatten. Ihre Haut war blass, obwohl schon seit ein paar Wochen die Sonne schien. Das weiße Top war einen Tick zu kurz; aber vielleicht hatte es auch genau die richtige Länge und bei ihr stimmte was nicht mit der Größe. Annika zog an dem Top, um ihren blassen Bauch zu verdecken, der in der Spalte zwischen Jeansbündchen und Top aufblitzte.

Erle. So hieß die Tochter der Veränderung. Sie wurde bald dreizehn und trug noch kürzere Tops als Annika. Aber an ihr sah das perfekt aus. Flacher, fester Bauch, braune Haut. Und blondes Haar, das in Locken über den Rücken fiel.

Das ist ungerecht!, dachte Annika und kniff in die Hautfalte über dem Gürtel ihrer Jeans. Wieso haben manche Menschen alles und andere nichts?

Sie stellte sich dichter vor den Spiegel. Sah sie nicht schrecklich blass aus? Unnormal blass? Krank, irgendwie? Annika hustete ein paarmal. Was war das für ein Druck auf der Brust? Und das Kratzen und Brennen im Hals? Bestimmt brütete sie etwas aus, eine Grippe. Oder noch schlimmer, eine Lungenentzündung?

Annika legte eine Hand an die Stirn. War sie nicht glühend heiß? Und zugleich feucht? Sie hatte eindeutig Fieber! Annika hob den Koffer vom Bett und kroch unter die Decke. So ein Pech, in den Sommerferien krank zu werden, dachte Annika. Aber krank ist krank, da kann man nichts machen. Sie schloss die Augen und stellte sich vor, wie Mama ihr Hustensaft verabreichte und Malzbier ans Bett brachte. Das gab es immer, wenn Annika krank war. Mama würde ihre Bettdecke aufschütteln und ihr sagen, was für ein armer kleiner Schatz sie sei. Und in ein paar Tagen, wenn es ihr allmählich wieder besser ginge, dürfte sie mit der Bettdecke aufs Sofa umziehen, wo Mama ihr einen Kakao servieren und sich zusammen mit ihr einen Film angucken würde. Vielleicht ja einen, für den Annika eigentlich noch zu jung war. ›Erzähl das bloß nicht Oma oder deiner Lehrerin!‹, würde Mama ihr ins Ohr flüstern und Annika würde verschwörerisch kichern, weil sie jetzt ein Geheimnis zusammen hatten. Sie und Mama. Eigentlich war es gar nicht so übel, krank zu sein.

»Was um alles in der Welt tust du da?«

Annika zuckte zusammen und schlug die Augen auf. Mama stand mit hochgeschobener Sonnenbrille im Haar in der Tür, der großen, schwarzen Filmstarbrille, die eigentlich obercool war, aber in Kombination mit der Omabluse und dem langen Rock echt albern aussah.

»Hast du etwa noch nicht gepackt?!«

Mama setzte ihren Koffer mit Nachdruck auf der Türschwelle ab und tippte auf die Uhr an ihrem Handgelenk.

»Er ist in fünf Minuten hier, Annika. In fünf Minuten!«

»Ich glaube, ich bin krank!«, wimmerte Annika.

Ihre Stimme hörte sich tatsächlich ziemlich kratzig an, aber Mama stapfte unbeeindruckt ins Zimmer und hob den leeren Koffer aufs Bett, den Annika auf den Boden gestellt hatte.

»Du packst jetzt sofort deinen Koffer!«, sagte sie streng. »Hast du mich verstanden?«

Annika räusperte sich und wand sich unter der Decke.

»Aber ich fühle mich wirklich nicht gesund!«

Mama stellte sich vors Bett und beugte sich zu Annika runter, die für den Bruchteil einer Sekunde glaubte, Mama würde ihre Stirn befühlen und bestätigen, dass sie sich tatsächlich heiß anfühlte und dass sie wohl doch zu Hause bleiben müssten!

Aber Mama packte sie hart an der Schulter und beugte sich so weit runter, dass Annika den scharfen Geruch des Mundsprays wahrnehmen konnte.

»Mach mir das hier nicht kaputt! Hast du verstanden?«

2

Als sie auf die Straße abbogen, begegnete Annika im Rückspiegel dem Blick der Veränderung.

»Du siehst blass aus«, sagte Fredrik. »Hast du bei dem schönen Wetter etwa drinnen gehockt?«

»Ich bin krank«, nuschelte Annika.

»Oh, wirklich?«

Fredrik sah fast ein wenig besorgt aus, was aber schnell verflog, als Mama anfing zu lachen.

»Annika kriegt nicht schnell Farbe«, sagte sie munter, als wäre das was besonders Komisches. »Dafür hat sie eine umso buntere Fantasie«, fügte Mama hinzu und zwinkerte Fredrik zu.

»Fantasie ist eine gute Eigenschaft!«, sagte Fredrik und sah Annika im Spiegel an. »Wir in der privaten Wirtschaft suchen immer Leute mit ausgeprägter Fantasie, wenn wir jemanden einstellen wollen.«

»Ich habe nicht vor, mich in der privaten Wirtschaft zu bewerben«, antwortete Annika knapp.

Fredrik lachte leise.

»Nein, nein«, sagte er. »Du willst bestimmt Friseurin werden, wie deine Mutter, was?«

»Nö«, sagte Annika.

»Auch nicht?«, sagte Fredrik. »Jetzt bin ich ja mal gespannt, was ein aufgewecktes, elfjähriges Fräulein als ihren Traumjob ansieht?«

Fräulein!, dachte Annika. Wer sagt denn heutzutage noch *Fräulein*?!

»Bestattungsunternehmerin, vielleicht«, sagte Annika.

Mama drehte sich zu Annika um und sah sie mahnend an. Aber Fredrik lachte.

»Du hast wirklich Fantasie!«, lachte er.

Annika sagte nichts. Sie sah, wie Fredrik seine Hand auf Mamas Knie legte und sie mit diesem Blick ansah, den Annika nicht leiden konnte.

»In der Beziehung schlägt sie nicht nach dir«, sagte er leise und grinste Mama an.

»Aha?«, sagte Mama. »Willst du damit sagen, ich wäre fantasielos?«

Fredrik lachte und schüttelte den Kopf.

»Nein, ich habe ans Farbekriegen gedacht!«

Seine Hand strich über Mamas braunen Arm. Mama lachte leise. Dann lächelten sie sich an. Annika drehte den Kopf zur Seite und schaute auf die Straße. Anscheinend bekamen die beiden auf den vorderen Plätzen das mit, jedenfalls zog Fredrik die Hand weg und räusperte sich. Mama wandte sich zu Annika um.

»Dafür hast du ein paar supersüße Sommersprossen auf der Nase!«

Sie lachte. Falsche Schlange, dachte Annika. Eben schimpft sie noch und funkelt Annika mit schwarzen Augen an – und plötzlich ist alles Friede, Freude, Eierkuchen!

»Ach, Sommersprossen!«, sagte Fredrik gut gelaunt. »Darauf fahren Jungs total ab!«

»Ich mache mir nichts aus Jungs«, sagte Annika.

Und wieder lachte Fredrik laut und lange, dabei hatte Annika noch nicht einmal versucht komisch zu sein.

Als Fredrik eine halbe Stunde vorher vor ihrem Wohnblock vorgefahren war, war Annika unendlich erleichtert gewesen, weil das Auto leer war! Abgesehen von Fredrik, natürlich, und einem Haufen Gepäck. Annika hatte schon gehofft, dass Erle es sich anders überlegt hätte und doch nicht mit ihnen fahren würde. Aber nachdem Fredrik Mama mit einem Kuss begrüßt und Annika auf seine linkische Art durchs Haar gewuschelt hatte, hatte er ihnen gesagt, dass sie Erle am Flughafen abholen müssten. Sie war zwei Wochen mit ihrer Mutter in Thailand gewesen und freute sich riesig, Annika wiederzusehen! Sagte Fredrik.

War er wirklich so beschränkt, oder tat er nur so? Glaubte er im Ernst, dass Annika seine Lüge schluckte?! Erle hasste Annika. Na ja, hassen vielleicht nicht direkt. Sie ignorierte sie einfach. Und das ist schlimmer, dachte Annika, viel schlimmer.

Erle war nicht braun. Sie war fast schwarz. Dadurch wirkte ihr Haar noch heller als vorher und ihre Zähne strahlten noch weißer, als sie den Mund für ein »Hallo« öffnete.

Sie warf Annika einen angeödeten Blick zu und schien sich schon jetzt zu Tode zu langweilen.

»Hallo«, antwortete Annika.

Fredrik nahm Erle in den Arm, während Mama irgendwas von tollen Stränden in Thailand faselte, die sie in einem Reisekatalog gesehen hatte, bis ihr Blick an etwas hängen blieb und sie abrupt zum Verstummen brachte. Aus der Tür, durch die Erle kurz vorher gekommen war, trat in diesem Moment eine langbeinige, attraktive Frau, die erwachsene Ausgabe von Erle. Sie kam auf sie zu, einen Rollkoffer im Schlepptau und breit lächelnd, als gehörte ihr die Welt. Fredrik räusperte sich und fuhr sich mit der Hand durchs Haar.

»Das ist meine Exfrau«, stellte er vor.

Die Frau blieb vor ihnen stehen, stellte den Koffer ab und streckte Mama eine gepflegte Hand entgegen.

»Rebekka«, sagte sie. »Freut mich sehr!«

Als fände sie es wirklich ganz toll, Mama die Hand zu

schütteln. Mama sackte ein wenig in den Schultern zusammen, ihr Lächeln zitterte unsicher und Annika wünschte sich, ihre Mutter würde nicht so sein, sich nicht so benehmen, als wäre sie unsichtbar.

»Hallo«, erwiderte Mama und streckte ihre Hand mit den stumpfen, angeknabberten Nägeln vor.

»Nett, dich kennenzulernen, Maybritt«, sagte die Frau.

»Brita«, korrigierte Mama sie.

Aber das hörte die Frau schon gar nicht mehr. Sie hatte sich zu Erle umgedreht und drückte ihr einen knallenden Kuss auf die Wange. Erle schlang ihrer Mutter die Arme um den Hals, während Annika daneben stand und nicht wusste, wo sie hingucken sollte.

»Also gut.« Fredrik räusperte sich. »Dann wollen wir uns mal so langsam auf den Weg machen.«

Rebekka richtete sich auf, aber Erle hielt ihre Hand umklammert.

»Geh nicht, Mama!«, sagte sie.

Rebekka lachte affektiert und versuchte ihre Hand wegzuziehen.

»Seit wann bist du denn ein Mamakind?«, sagte sie.

Erle ließ die Hand ihrer Mutter los.

»Kommst du zu meinem Geburtstag?«, fragte sie.

Rebekka seufzte und strich rasch mit der Hand über Erles Wange.

»Ich habe doch schon gesagt, dass ich es versuchen werde, okay?«

Erle nickte stumm. Rebekka schüttelte das Haar in den Nacken und sah Fredrik an.

»Du hast doch hoffentlich nichts dagegen, wenn ich am Samstag eventuell einen kleinen Abstecher zu euch raus mache?«, sagte sie.

»Nein«, meinte Fredrik. »Natürlich nicht!«

»Nein?«, sagte Rebekka und sah Mama an.

Annika sah, wie sehr ihre Mutter sich anstrengte, ein möglichst breites Lächeln zustande zu bringen.

»Ich will eine Party geben!«, sagte Erle und sah ihren Vater auffordernd an.

»Aha«, murmelte Fredrik und hob Erles Koffer hoch. Er war neongrün und sah nagelneu aus, jedenfalls hatte er noch keine einzige Macke. Rebekka musterte Fredrik mit einem provozierenden Lächeln.

»Deine Haare lichten sich ja merklich«, sagte sie belustigt. »Achtest du auch auf deine Ernährung?«

Sie ließ ein perlendes Lachen hören – genauso lachte Erle –, ehe sie ihren Koffer nahm und mit wiegender Hüfte über den langen Korridor auf den Ausgang zustrebte.

Alle schauten hinter ihr her, außer Annika. Annika blickte ihre Mutter an. Wie klein und brav sie mit der Omabluse und dem langen Rock aussah. Am liebsten hätte Annika ihre

Hand ergriffen und ihr gesagt, dass sie viel, viel besser war! Aber sie tat es nicht. Und da stieß Erle einen supergenervten Seufzer aus und sagte:

»Wird das heute noch was?«

Kurz darauf saßen sie in dem großen, schwarzen Auto, auf dem Weg in drei Wochen Ferien.

Annika überlegte sich, dass sie auf jemanden, der sie nicht kannte, zum Beispiel auf die Leute in den überholenden und entgegenkommenden Autos, wahrscheinlich den Eindruck einer ganz normalen Familie auf dem Weg in die Sommerferien machten. Zwei Erwachsene und zwei Kinder in einem schicken Auto, voller Vorfreude und Erwartung auf die vor ihnen liegende Zeit.

»Mann, ist das warm«, seufzte Erle. »Hast du keine Aircondition?«

»Die ist kaputt«, sagte Fredrik.

»Dann lass sie reparieren!«, sagte Erle.

Fredrik warf Erle einen gut gelaunten Blick über die Schulter zu.

»Du müsstest die Wärme doch gewöhnt sein?!«

Erle zog die Schultern hoch, ohne was zu sagen.

»Na, erzähl schon!«, meinte Fredrik. »Wie war Thailand?«

»Cool«, sagte Erle.

»Ja?«, hakte Fredrik nach.

»Ja«, antwortete Erle.

Fredrik nickte begeistert und wartete auf eine Fortsetzung, aber Erle schaute aus dem Fenster und sagte nichts mehr.

»Hast du auch ein paar nette Jungs kennengelernt?«, fragte Fredrik grinsend.

Erle verdrehte die Augen, worauf Fredrik sich verunsichert räusperte. Annika hätte am liebsten laut gelacht.

»Wir hatten Mäuse im Zimmer!«, sagte Erle. »An einem Morgen wäre ich um ein Haar auf eine draufgetreten, als ich aufgestanden bin. Voll ekelig!«

Fredrik lachte und versuchte Annikas Blick im Rückspiegel einzufangen.

»Erle hat nämlich Angst vor Mäusen, musst du wissen.«

»Warum das denn?«, fragte Annika.

»Ich hab gar keine Angst vor Mäusen!«, sagte Erle eingeschnappt. »Ich hasse sie einfach.«

»Ja, ja«, sagte Fredrik.

Danach herrschte betretenes Schweigen, das erst gebrochen wurde, als Mama sich umdrehte und zwischen den Nackenstützen nach hinten schaute.

»Was haltet ihr davon, Mädels, wenn der Bursche neben uns bei nächster Gelegenheit anhält und uns ein Eis spendiert?«

Mama lächelte, ein bisschen zu breit, und Erle verdrehte wieder die Augen und guckte weg. Annika sah, wie Mamas

Lächeln gefror und sich ein gekränkter Zug um ihren Mund legte.

»Ich hätte jedenfalls Appetit auf ein Eis«, sagte Mama, nicht mehr ganz so enthusiastisch, und drehte sich wieder nach vorne.

Hinter der nächsten Kurve erwartete sie ein langer Stau, der sich endlos durch die schöne Landschaft schlängelte. Fredrik bremste ab und schaute seufzend auf die Uhr.

»Wir haben doch keinen Termin«, sagte Mama.

»Das nicht«, sagte Fredrik. »Aber ich würde gerne ankommen, bevor die Ferien zu Ende sind.«

Es war das erste Mal, dass Annika diesen Ton an der Grenze zur Gereiztheit in seiner Stimme hörte. Hinter ihnen hupte wer, aber das half auch nichts. Es ging nicht weiter.

»Vielleicht hat's ja einen Unfall gegeben«, sagte Annika. »Mit Toten. Da vorne ist eine Totalsperrung und wir müssen umkehren und wieder nach Hause fahren!«

»Mit so was macht man keine Scherze!«, sagte Mama.

»Ich mache keine Scherze«, sagte Annika. »Es sterben jeden Tag haufenweise Menschen bei Verkehrsunfällen, wusstet ihr das nicht?«

Fredrik warf ihr im Rückspiegel einen raschen Blick zu. Erle seufzte noch lauter. Mutter knöpfte den oberen Knopf ihrer Bluse auf und wedelte sich mit einem Buch vorm Gesicht herum.

»Da ist ja der Übeltäter!«, sagte Fredrik. »So ein Verkehrshindernis!«

Ein Stück weiter vorn war ein Wohnwagen auf den Randstreifen ausgeschert und ließ die nachfolgenden Autos vorbei.

»Dass es Leute gibt, die auf diese Art von Urlaub Lust haben!«, meinte Fredrik. »Sich auf winzigstem Raum zusammenzuquetschen, schrecklich!«

Erle beugte sich zwischen den Sitzen nach vorn.

»Ja, echt!«, sagte sie. »Campingurlaub ist oberätzend!«

Fredrik nickte zustimmend. Annika sah ihre Mutter an. Warum sagte sie nichts? Wieso erzählte sie ihnen nichts von den vielen tollen Urlauben, die sie in Onkel Oves Campingwagen verbracht hatten? Aber Mama wedelte weiter mit dem Buch vor ihrem Gesicht herum, als hätte sie nichts gehört.

Fredrik beugte sich zum Spiegel vor und fuhr sich durch das dunkle Haar.

»Fängt es wirklich an, sich zu lichten?«, murmelte er.

3

Mutter hatte recht. Der Landsitz war tatsächlich kein Sommerhäuschen.

Jedenfalls hatte das Ganze keine Ähnlichkeit mit den Sommerhäusern, die Annika kannte. Das hier war ein geräumiges weißes Haus mit großem Garten und Apfelbäumen. Und davor lag blau und spiegelblank das Meer.

»Ich muss schon sagen«, meinte Mama und sah sich um.

Annika bemerkte, wie ihre Augen strahlten. Mama verschränkte die Arme vor der blümchengemusterten Omabluse und nickte lässig mit dem Kopf, als wären sie und Annika Orte wie diesen gewohnt.

»Sehr geräumig und gepflegt«, meinte Mama. »Das muss ich schon sagen.«

Erle zog ihren Koffer hinter sich her zur Haustür, als sie die Leiter entdeckte, die an der Hauswand lehnte.

»Was ist das denn?«, fragte sie.

»Eine Leiter«, sagte Fredrik.

Mamas Lachen klang ein bisschen zu laut.

»Das sehe ich auch, Blödmann«, sagte Erle und funkelte ihren Vater an. »Ich will wissen, was die Leiter hier zu suchen hat?«

»Pass auf, was du sagst«, meinte Fredrik.

»Krieg ich jetzt eine Antwort!?«, sagte Erle.

»Wir wollen streichen«, erwiderte Fredrik.

»Streichen?«, fragte Annika.

Mama sah sie an.

»Im Streichen haben wir doch Übung, was?« Sie lachte und lief zu der Leiter. »Wo wir doch letztes Jahr die ganze Wohnung gestrichen haben!«

Sie stieg ein paar Sprossen die Leiter hoch.

»Papa!«, sagte Erle. »Du glaubst doch nicht im Ernst, ich hätte Lust, meine Ferien mit Streichen zu verbringen?«

»Keine Sorge!«, sagte Fredrik. »Niemand verlangt von dir, einen Pinsel in die Hand zu nehmen. Ich habe natürlich Handwerker bestellt!«

Erle verzog den Mund.

»Handwerker, wirklich?«, sagte Mama.

Fredrik nickte und Mama kletterte die Leiter wieder runter. Erle hob ihren Koffer an und legte eine Hand auf die Türklinke. Dann drehte sie sich noch einmal zu ihrem Vater um.

»Aber drinnen sind die Handwerker hoffentlich mit dem Streichen fertig?«, fragte sie.

Fredriks Lächeln zitterte kurz, bevor es erstarrte.

Erle war schon während der ganzen Fahrt vom Flughafen schlecht gelaunt gewesen. Aber jetzt wurde sie richtig sauer. Rasend! Fuchsteufelswild!

»Was hast du dir dabei gedacht!?«, brüllte sie ihren Vater an.

Annika stand im Wohnzimmer vor dem großen Fenster, das aufs Meer rausging. Während sie dachte, dass das Wohnzimmer ungefähr so groß wie ihre komplette Wohnung war, hörte sie Erle und ihren Vater im angrenzenden Raum streiten.

»Die Gästezimmer hätten längst fertig sein sollen!«, schimpfte Erle. »Aber hier drinnen stinkt es noch total nach Farbe!«

»Ja«, sagte Fredrik. »Ich habe es nicht ganz geschafft. Vielmehr, die Handwerker haben es nicht ganz geschafft. Sie haben alles fertig bekommen, außer den Gästezimmern. Aber hier ist doch auch so Platz genug.«

Annika legte die Stirn an das kühle Glas. Sie sah die Sonne, die jeden Augenblick weit draußen im Meer versinken konnte, und ausnahmsweise musste sie Fredrik sogar mal recht geben: Hier war wirklich mehr Platz als genug.

»Und was dachtest du, wo *sie* schlafen soll?«, keifte Erle.

Annika stand ganz still da und beobachtete, wie ihr Atem sich als feuchter Fleck auf die Scheibe legte.

Annika war natürlich klar, von wem die Rede war. Sie wusste, wer das Problem war.

Fredrik senkte die Stimme.

»Annika schläft natürlich bei dir.«

Es wurde totenstill. Gleich darauf knallte mit aller Wucht eine Tür. Annika drehte sich um und sah Fredrik aus einem der Gästezimmer kommen. Er blieb mitten im Wohnzimmer stehen, als er Annika entdeckte.

»Na, Annika?«, sagte Fredrik. »Glaubst du, dass du dich hier wohlfühlen wirst?«

Seine Stimme war ein bisschen zu fröhlich und das Lächeln war nicht wirklich überzeugend.

»Nein«, antwortete Annika.

Fredrik räusperte sich und schaute zu der Tür, hinter der Erle gerade verschwunden war.

»Mach dir nichts draus, wenn Erle zwischendurch etwas …« Er fuchtelte mit der Hand und suchte nach Worten. »Sie ist sicher müde nach dem langen Flug!«

Er hatte sein Lächeln wieder im Griff. Fredrik strahlte sie mit blauen Augen und weißen Zähnen an. Wie blöd kann man eigentlich sein?, dachte Annika.

Mama kam aus dem großen Badezimmer. Ihre Augen strahlten noch mehr als vorher.

»Keramikfliesen«, sagte sie. »In den Boden eingelassene Badewanne!«

Fredrik bohrte die Fußspitze in den Teppich und lächelte bescheiden, als wäre an dem, was Mama sagte, nichts Besonderes, aber Annika sah ihm an, wie er es genoss, dass ihre Mutter ihn so offen bewunderte.

»Oh ja«, sagte Fredrik. »Die Handwerker haben gute Arbeit geleistet bei der Renovierung. Es ist wirklich nicht übel geworden.«

»Nicht übel?«, sagte Mama. »Das ist das reinste Traumschloss!«

»Nun übertreibst du aber«, meinte Fredrik mit dem gleichen zufriedenen Grinsen.

»Hast du im Lotto gewonnen?«, fragte Annika.

Fredriks Grinsen zerplatzte und Mama wurde knallrot.

»Bist du deswegen so stinkreich?«, fragte Annika weiter.

Drei, vier Sekunden war es ganz still. Dann klatschte ihre Mutter in die Hände und sah zum Fenster.

»Was für ein traumhafter Sonnenuntergang!«, sagte sie. »Wollen wir nicht ans Meer runtergehen und ihn uns angucken?«

Annika hätte im Haus bleiben können, natürlich hätte sie das tun können.

Aber obgleich ein romantischer Spaziergang mit Mama und Fredrik sie nicht unbedingt lockte, fand sie das Risiko, Erle über den Weg zu laufen, noch weniger verlockend.

Annika und ihre Mutter gingen einen Pfad entlang, an dessen Ende ein Steg lag. Die Luft war noch ganz warm, obwohl es schon ziemlich spät war. Mutter zog die Sandalen aus und nahm sie in die Hand.

»Das ist das richtige Sommergefühl!«, sagte Mama. »Barfuß über warme, glatte Felsen zu laufen!«

Sie griff mit der freien Hand nach Annika. Zuerst nach dem Arm, als ob sie sich abstützen wollte. Dann nahm sie Annikas Hand in ihre und drückte sie. Annika fand sich eigentlich zu alt, um an der Hand ihrer Mutter zu gehen. Aber die Hand war so schön warm und stark. Und als sie sich auf den Steg setzten und Mama weiter Annikas Hand festhielt, fand Annika es plötzlich ganz okay. Es sah sie ja niemand. Annika lehnte sich an die Schulter ihrer Mutter. Mama duftete immer so gut, nach Haarspray oder Parfüm oder einfach ganz nach Mama.

»Ich bin so glücklich, dass wir hier sind«, sagte Mama leise. »Wir beide zusammen.«

Sie streichelte Annika übers Haar. Annika schloss die Augen und drückte sich ein wenig fester an sie.

»Ich weiß, dass augenblicklich sehr viel Neues auf dich einstürmt«, fuhr Mama mit der ruhigen, warmen Stimme fort, die Annika so liebte. »Für mich ist auch vieles neu.«

»Ja«, flüsterte Annika.

»Aber wenn wir dem Ganzen ein bisschen Zeit geben, kannst du dir dann vorstellen, dass es was werden könnte?«

Mutters Haare kitzelten Annika im Gesicht.

»Meinst du nicht?«, wiederholte Mama.

Annika nickte an der Schulter ihrer Mutter, die warm und weich war. Und in genau diesem Augenblick war Annika sicher, dass dies ein super Sommer werden würde, vielleicht der beste bisher. Sie konnte sich keine bessere Mutter vorstellen als die, die sie hatte, keine war so hübsch und lustig wie ihre. Annika schaute zu Mama hoch und lächelte. Und Mutter lächelte zurück. Sie saßen ganz nah beieinander. Plötzlich veränderte sich der Ausdruck in Mutters Gesicht. Ihr Lächeln wurde irgendwie traurig. Sie legte eine Hand unter Annikas Kinn und sah sie intensiv an.

»Mein Gott«, sagte sie leise. »Gerade hast du ausgesehen wie er!«

»Wie wer?«, fragte Annika.

»Wie dein Vater.«

»Echt?«, sagte Annika mit leicht kratziger Stimme.

Mutter nickte.

»Wahrscheinlich ist es der Blick«, sagte sie. »Aufgeweckt und klug.«

Annika lächelte.

»War Papa so? Aufgeweckt und klug?«

Mama lachte leise, perlend und ganz echt.

»Hin und wieder«, sagte sie. »Ja, er war auch aufgeweckt und klug.«

Sie strich Annika über den Kopf. Annika holte tief Luft und

spürte etwas im Hals. Sie lehnte sich wieder an Mamas Schulter. Alles war, wie es sein sollte. Wie es immer gewesen war.

Aber wie lange noch?

Da hörte sie Schritte hinter sich. Eilige Schritte und schiefes Pfeifen. Mama richtete sich auf und drehte sich um. Fredrik kam den Pfad entlanggejoggt.

»Hier habt ihr euch also versteckt?!«, rief er. »Ihr habt doch wohl keine Geheimnisse vor mir?«

Mutter ließ Annika los und lachte das Lachen, das ein bisschen zu laut war.

»Wir verstecken uns nicht«, sagte sie. »Wir haben schon auf dich gewartet!«

Fredrik lachte zufrieden und kam zu ihnen auf den Steg. Annika sah, dass er etwas hinter dem Rücken verborgen hielt.

»Welche Hand?«, fragte er Mama.

Mutter legte den Kopf auf die Seite, spitzte die Lippen und kniff die Augen zu, als stände sie vor einer wahnsinnig schweren Entscheidung. Fredrik lachte und Annika dachte, dass das Ätzendste war, dass Fredrik Mama besonders zu mögen schien, wenn sie so war: gekünstelt und falsch.

»Am liebsten wären mir natürlich beide Hände«, sagte Mama mit einem neckischen Lächeln. »Aber wenn es sein muss, wähle ich … die linke!«

Fredrik zog die Hand hinter dem Rücken vor und brachte eine Weinflasche zum Vorschein.

»Eisgekühlter Chablis«, sagte er. »Kann ich dich damit verführen?«

Mutter stieß einen freudigen Juchzer aus, als Fredrik die andere Hand zeigte, in der er zwei Gläser und einen Korkenzieher hielt.

»Wollt ihr euch betrinken?«, fragte Annika.

»Natürlich nicht«, sagte Fredrik.

»Onkel Ove hat mal so viel getrunken, dass er aus seiner Koje im Wohnwagen gefallen ist«, erzählte Annika.

»Annika«, sagte Mama.

»Er hatte nur eine Stunde geschlafen, dachte aber, es wäre schon Morgen und er hätte verschlafen und käme zu spät zur Arbeit«, fuhr Annika fort. »Er wollte schnell aus der Koje springen, war aber noch so besoffen, dass er sich einfach auf die Schnauze gelegt hat!«

»Du liebe Zeit …«, sagte Fredrik und sah Mama an.

»Er hatte Fieber, Annika!«, sagte Mama. »Er war krank!«

»Wieso krank?«, fragte Annika. »Alkoholkrank?«

Mama sah plötzlich sehr streng aus. Aber Fredrik grinste.

»Das hier ist Limo für Erwachsene«, sagte er. »Ein Samstagsbonbon.«

»Ich dachte, heute wäre Sonntag«, sagte Annika.

Mutter seufzte, aber Fredrik fing an zu lachen. Seine weißen Zähne strahlten im Dunkeln.

»In den Ferien ist jeder Tag ein bisschen Samstag«, meinte

er. »Lauf in die Küche und hol dir auch was zu trinken, im Kühlschrank ist jede Menge Limo!«

Mutters Laune besserte sich schlagartig.

»Na, du hast es aber gut!«, sagte sie und lächelte Annika an, als wäre sie fünf Jahre alt und müsse noch lernen, wie man sich bedankt.

»Ich muss mal aufs Klo«, verkündete Annika und stand auf.

»Mach das!«, sagte Mama und streckte sich nach dem Weinglas, das Fredrik ihr hinhielt.

Genauso gut hätte sie sagen können ›Und komm bloß nicht wieder!‹, dachte Annika, als sie den Pfad entlang zum Haus ging. Bestimmt hatte sie das auch gemeint. ›Geh ruhig schon mal ins Bett, damit dieser nette Mann und ich noch ein bisschen hier sitzen und ungestört knutschen können!‹

Der Kühlschrank war tatsächlich voller Limo.

Limo und Wein und jede Menge Aufschnitt in weißem Einwickelpapier. Annika konnte sich nicht erinnern, jemals so einen vollen Kühlschrank gesehen zu haben. Bei ihnen gab es in der Regel nur braunen Ziegenkäse und Salami, Marmelade und Milch und manchmal ein paar Möhren. Mit dem Inhalt dieses Kühlschranks könnte man ein ganzes afrikanisches Dorf vor dem Hungertod retten, dachte Annika. Aber so war es wohl, wenn man in der Privatwirtschaft arbeitete und steinreich war. Annika machte eine Limo auf, obwohl sie eigentlich keinen Durst hatte. Sie trank die Hälfte auf einen Schluck, rülpste laut und goss den Rest in den Ausguss.

Erle schlief. So jedenfalls sah es aus, als Annika die Tür ihres gemeinsamen Schlafzimmers öffnete. Sie lag zusammengerollt unter der Decke auf dem Bett am Fenster. Annika schlich ins Zimmer, ohne Licht zu machen. Sie legte ihren Koffer auf das freie Bett an der Wand, machte ihn leise auf und suchte nach ihrem Nachthemd. Das war gar nicht so einfach, weil sie nicht gerade planmäßig gepackt hatte.

Was war eigentlich so schlimm daran, dass sie das Zimmer teilen mussten? Annika dachte an die Sommer im Wohnwagen. Dort war nun wirklich nicht viel Platz gewesen, und wenn Onkel Ove mitkam, mussten sie und Mama sich ein Bett teilen. Mama sprach manchmal im Schlaf oder rückte Annika zu dicht auf die Pelle. Einmal war Annika davon aufgewacht, dass ihre Mutter sie in den Nacken geküsst hatte. Am nächsten Morgen hatte sie erzählt, sie hätte von einem gut aussehenden Mann auf einem weißen Pferd geträumt. Sie hatte gelacht, als Annika und Onkel Ove sie für verrückt erklärten.

»Macht euch nur lustig«, hatte sie gesagt. »Gut ausgesehen hat er jedenfalls. Und ein schönes Pferd hatte er!«

Annika und Onkel Ove hatten sich kopfschüttelnd angegrinst, und Mama war aufgesprungen und hatte gerufen

»Wer als Letzter draußen ist, muss Frühstück machen«. An dem Morgen hatte es angebrannte Spiegeleier gegeben, erinnerte Annika sich. Sie hatte nämlich vor Onkel Ove die Tür erreicht und er war ein miserabler Koch.

Hinter Annika raschelte Bettwäsche. Sie zuckte zusammen und drehte sich um. Erle saß auf dem Bett vor dem Fenster. Ihr Haar war zerzaust und so weiß, dass es fast das dunkle Zimmer erleuchtete.

»Ich hab versucht ganz leise zu sein«, sagte Annika. »Habe ich dich geweckt?«

Erle sah sie lange an, ohne etwas zu sagen. Ihr Blick machte Annika nervös. Vielleicht war Erle ja noch nicht ganz wach? Oder erwartete sie, dass Annika etwas sagte?

»Willst du einen Witz hören?«, fragte Annika. »Der ist echt lustig!«

Erle sah sie mit ausdruckslosem Blick an.

»Also: Da waren drei Männer, die mussten alle drei ganz dringend aufs Klo«, begann Annika. »Scheißen.«

Sie kicherte leise und dachte, dass sie nicht vergessen durfte, wie der Witz ausging. Das wäre wieder typisch, dass sie einen Witz erzählen wollte und sich kurz vor der Pointe verhedderte. Sie kam nicht mehr dazu, weiter über den Witz nachzudenken, weil Erle sie unterbrach.

»Ich kann euch nicht verbieten, hier zu sein«, sagte sie. »Dir und deiner Mutter.«

Ihre Stimme war erstaunlich laut und klar, dafür, dass sie eben noch geschlafen hatte. Oder hatte sie gar nicht geschlafen?

»Aber du solltest wissen, dass ich euch nicht ausstehen kann. Alle beide. Hast du verstanden?«

Annika machte den Mund auf, brachte aber keinen Ton heraus.

»Hast du verstanden?«, wiederholte Erle.

Annika nickte eilig. Erle holte tief Luft.

»Gut«, sagte sie.

Annika nickte nochmals. Erle legte sich wieder hin und drehte sich zur Wand. Es war jetzt ganz still im Zimmer. Das Einzige, was man hören konnte, waren Erles gleichmäßigen Atemzüge. War sie so schnell wieder eingeschlafen? Oder tat sie nur so?

Annika fand das Nachthemd und zog es über den Kopf. Dann schlüpfte sie unter die Decke und nahm sich vor durchzuhalten. Immerhin war es inzwischen schon einen Tag weniger, bis sie wieder nach Hause fuhren. Wenigstens ein kleiner Trost. Oder?

4

Am nächsten Morgen wurde Annika bewusst, dass Erle Freundinnen hatte.

Natürlich war es nicht wirklich überraschend, dass ein Mädchen wie Erle Freundinnen hatte. Aber dass sie *hier* Freundinnen haben könnte, in diesem kleinen Kaff am Meer, das hatte Annika nicht bedacht.

Als sie aufwachte, hörte sie Stimmen und fröhliches Gelächter im Garten. Sie trat ans Fenster und sah Erle und ein Mädchen mit dunklen, kurzen Haaren Kopf an Fuß in der Hängematte liegen. Und es machte den Eindruck, als würden sie sich schon ewig kennen. Wahrscheinlich war es auch genau so. Erle hatte jeden Sommer ihres Lebens hier verbracht und natürlich hatte sie da eine beste Freundin!

Irgendwie war Annika enttäuscht. Insgeheim hatte sie gehofft, dass sie und Erle, eventuell, in ein paar Tagen oder einer Woche, wenn auch nicht unbedingt Freundinnen werden, so doch wenigstens was zusammen unternehmen würden. Damit die Zeit schneller verging. Jetzt begriff sie, dass

Erle hier bereits Freunde hatte, die sie von früher kannte, was Annika noch mehr zur Außenseiterin machte, noch einsamer als an jedem anderen Ort, an dem sie beide fremd gewesen wären.

Annika löste leise den Fensterhaken und stellte sich hinter die Gardine, um zu belauschen, über was die beiden sich unterhielten.

»Und, wie geht es Marius?«, fragte Erle und wackelte mit dem Po, sodass die Hängematte ins Schaukeln geriet.

»Er hat eine Freundin«, antwortete das Mädchen mit den kurzen Haaren.

»Oh!«, sagte Erle.

Danach war es eine Weile still, bis das andere Mädchen laut losprustete.

»Natürlich hat mein bescheuerter Bruder keine Freundin!«, rief sie. »Er liebt doch nur dich.«

»Quatsch!«, rief Erle.

Annika sah, dass Erle rot wurde und zu verbergen versuchte, dass sie eigentlich sehr zufrieden mit der Antwort war.

»Gib zu, du bist auch in ihn verknallt«, sagte das Mädchen grinsend und stupste Erle mit dem Fuß an.

»No way«, sagte Erle.

»Erle und Marius! Erle und Marius!«, rief das Mädchen laut, mehrmals hintereinander, worauf Erle sich auf sie stürzte und anfing, sie durchzukitzeln.

»Hör auf!«, schrie das Mädchen und versuchte Erle aus der Hängematte zu schubsen.

Aber sie lachte und Erle dachte gar nicht daran, mit dem Kitzeln aufzuhören.

Annika schob die Gardine ein Stück zur Seite, um besser sehen zu können, als das fremde Mädchen plötzlich den Kopf drehte und sie direkt anschaute. Annika lächelte. Das Mädchen richtete sich in der Hängematte auf und schob Erles Hände weg.

»Wer ist denn *das da* in *deinem* Zimmer, Erle?«

Erle drehte ebenfalls den Kopf zur Seite und sah Annika. Ihre Augen verengten sich zu zwei schmalen Schlitzen.

»Ich heiße Annika«, sagte Annika. »Und ich wohne hier.«

»Seit wann das?«, fragte das fremde Mädchen.

In ihrer Stimme schwang ein unsicheres Lachen mit, als ob sie Annika nicht glaubte.

»Sie glaubt nur, sie würde hier wohnen«, sagte Erle.

Das andere Mädchen kicherte.

»Wollen wir was zusammen machen?«, fragte Annika. »Ich muss mich nur schnell anziehen, dann komme ich raus.«

Erle und das andere Mädchen sahen sie an, als hätte sie was extrem Doofes gesagt.

»Wie du vielleicht siehst, machen wir schon was zusammen«, sagte Erle. »Und was du machst, ist uns scheißegal!«

Jetzt lachte das andere Mädchen so laut, dass die Hängematte schwankte. Erle drehte sich zu ihr um und wackelte wieder mit dem Po, sodass sie noch stärker schaukelte. Sie mussten sich festhalten, um nicht rauszufallen, und sie lachten und schienen Annika, die noch immer am Fenster stand, völlig vergessen zu haben.

»Na, du Langschläferin!«

Annika zuckte erschrocken zusammen und fuhr herum. Mama stand in der Tür. Sie hatte das Haar in einem Knoten am Hinterkopf hochgesteckt und einen blauweiß gestreiften Pulli über die Schultern gelegt.

Annika schloss das Fenster und zog die Gardine vor, damit Mama die Mädchen im Garten nicht sah.

»Hast du gut geschlafen?«, fragte Mama.

Sie kam ins Zimmer und setzte sich auf Annikas Bett.

Annika beeilte sich zu nicken und Mama lächelte.

»Das macht die Seeluft, die tut uns Stadtmenschen richtig gut, weißt du!«

»Kann schon sein«, sagte Annika.

Fredrik rief etwas aus dem Wohnzimmer, worauf Mama sich vom Bett erhob.

»Fredrik will eine Sightseeingtour mit mir machen. Magst du mitkommen oder willst du lieber hierbleiben und mit Erle spielen?«

Mit Erle spielen!, dachte Annika. »Ich muss noch meinen Koffer auspacken«, sagte sie.

»Fein«, sagte Mama und lächelte. »Aber danach musst du unbedingt raus an die frische Luft. Es ist herrliches Wetter!«

Annika sagte nichts. Wehe, Mama fing jetzt wieder vom Braunwerden an.

»Gut geschlafen, Annika?«

Fredrik tauchte im Türrahmen auf. Er hatte auch so einen Pulli wie Mama über der Schulter. Partnerlook. Das sah echt peinlich aus.

»Geht so«, sagte Annika.

Mama trat zu Fredrik und schmiegte sich in seine Armbeuge. Und so blieben sie mit ihren gestreiften Pullovern über der Schulter in der Türöffnung stehen und sahen Annika mit leicht zur Seite geneigten Köpfen an, als wäre sie ein süßes kleines Hündchen, an dem sie sich gar nicht sattsehen konnten.

»Schönen Ausflug!«, sagte Annika.

Fredrik und Mama lachten – als ob das die Spur witzig war! – und verschwanden endlich.

Annika blieb mitten im Zimmer stehen. Es war absolut still, auch draußen im Garten. Sie wagte einen vorsichtigen Blick durch den Gardinenspalt: Die Hängematte war leer.

Annika seufzte und hob den Koffer aufs Bett. Sie klappte ihn auf und sah sich das wilde Durcheinander an. Es gab einen Kleiderschrank und eine Kommode in dem Zimmer. Aber ob sie ihre Sachen da einfach so reinlegen könnte?

Annika merkte, wie sie die Wut kriegte. Wieso sollte sie eigentlich auf Zehenspitzen hier herumschleichen? Hatte Fredrik sie vielleicht nicht eingeladen? Hatte sie nicht genau das gleiche Recht, hier zu wohnen, wie Erle? Annika nahm ein paar Socken und Unterhosen und T-Shirts aus dem Koffer und stopfte sie in eine der Kommodenschubladen. So!, dachte sie zufrieden. Ich lass mir doch nicht auf der Nase rumtanzen!

Auf dem Grund des Koffers lagen die Anziehpuppen aus Pappe, welche Oma ihr zu Weihnachten geschenkt hatte. Vier Mädchenpuppen und jede Menge Kleider, die Oma selbst gebastelt hatte. Annika nahm die Puppen heraus und begann, die Kleider auf dem Boden auszubreiten.

5

Aber wie viel Spaß machte es schon, alleine zu spielen?

Annika spielte oft alleine, schließlich war sie ein Einzelkind, und in der Regel fand sie das auch nicht weiter schlimm. Solange sie selber entscheiden konnte, war es okay. Aber jetzt hatte sie das Gefühl, ausgebootet worden zu sein, damit die anderen ihren Kram machen konnten, bei dem sie sie nicht dabeihaben wollten.

Annika stand auf und seufzte. Sie ging in die Küche und schmierte sich drei Scheiben Brot. Eine mit Karamellcreme, eine mit Kaviarpaste und die dritte mit allem, was Platz hatte: Ei, Schinken, Käse, Tomate und oben drauf eine Scheibe Gurke. Dann nahm sie eine Flasche Limo aus dem Kühlschrank und goss sie in ein hochstieliges Weinglas, das mindestens hundert Kronen gekostet hatte. Luxusfrühstück!, dachte Annika.

Aber wie viel Spaß machte es schon, alleine zu frühstücken?

Die Sonne knallte ihr auf den Rücken, als Annika zu dem kleinen Steg spazierte, auf dem ihre Mutter und sie am Abend vorher gesessen hatten. Sie suchte sich einen Schattenplatz unter einem ausladenden Baum und war erst zufrieden, als kein Sonnenstrahl mehr an sie rankam. Sollten die anderen doch so braun werden, wie sie wollten. Annika blieb lieber bleich, als sich einen Sonnenbrand zu holen. Auf dem Wasser trieb ein Ruderboot vorbei, in dem zwei Jugendliche lagen und knutschten. Annika fragte sich, ob sie wohl jemals mit einem Jungen in so einem Boot sitzen und ihn womöglich sogar küssen würde. Ein völlig abwegiger Gedanke.

Es war immer noch still im Haus, als Annika zurückkam. Die Sightseeingtour von Fredrik und Mama würde bestimmt lange dauern, jedenfalls, wenn sie dauernd anhalten mussten, um wie ein paar Vierzehnjährige rumzuknutschen. Annika beschloss, in ihr Zimmer zu gehen. Sie wollte sich aufs Bett legen und versuchen zu schlafen. Und mit ein bisschen Glück schlief sie vielleicht so lange, bis Mama sie weckte, um ihr zu sagen, dass die drei Wochen um waren und sie wieder nach Hause konnten. Annika öffnete die Tür zum Schlafzimmer und kriegte fast einen Schock.

Vor Annikas Bett auf dem Boden saß Erle. Im ersten Augenblick dachte Annika, Erle hätte sich einen Splitter in den Fuß getreten und sich hingesetzt, um ihn rauszuziehen. Oder dass sie nach ihrem Ohrring suchte, der aufgegangen und auf den Boden gefallen war. Aber Erles Aufmerksamkeit galt weder einem Splitter noch einem Ohrring.

Sie saß über die Anziehpuppen gebeugt da. Annika blieb im Türrahmen stehen und überlegte, wie sie reagieren sollte. Sollte sie lachen und sagen, die Sachen hätte ihre Mutter ihr in den Koffer gepackt, für den Fall, dass sie sich langweilte?

»Sind das deine?«, fragte Erle unvermittelt, ohne sich umzudrehen.

»Ja«, antwortete Annika und versuchte herablassend zu lachen, was eher wie ein Husten klang.

»Nice«, sagte Erle.

Und da erst merkte Annika, womit Erle beschäftigt war. Sie spielte mit Annikas Puppen! Neugierig und konzentriert nahm sie die Puppen und probierte verschiedene Kleider an ihnen aus.

Annika war sprachlos. Machte Erle sich über sie lustig? Würde sie gleich in höhnisches Gelächter ausbrechen und Annika an den Kopf knallen, wie unendlich blöd und kindisch sie war?

»Die hat Oma gebastelt«, murmelte Annika unsicher.

»Deine Oma?«, fragte Erle. »Auch die Kleider?«

Annika nickte. Erle strich mit den Fingern über die Kleider aus glitzernden Seidenstoffen und Perlen.

»Welche ist deine Lieblingspuppe?«, fragte Erle.

Annika ging zögernd durch das Zimmer, bis sie hinter Erle stand.

»Wo ist deine Freundin?«, fragte sie.

»Terese ist mit ihrer Mutter shoppen«, sagte Erle. »Mir gefällt die hier am besten!«

Sie hielt die schwarze Puppe mit den goldbraunen Haaren hoch.

Eigentlich war die auch Annikas Lieblingspuppe, aber das war nicht so wichtig, und darum war es auch genau genommen keine Lüge, als sie sagte, dass sie die rothaarige Puppe am liebsten mochte, die war nämlich auch schön.

»Sie können in meiner Kommode wohnen«, sagte Erle eifrig und zog die untere Schublade auf.

Oh nein!, dachte Annika. Jetzt sieht Erle, dass ich meine Sachen in ihre Kommode geräumt habe!

Aber Erle schien sich nicht daran zu stören. Sie nahm Annikas Unterhosen und Socken einfach aus der Schublade und legte sie ordentlich auf den Boden. Dann setzte sie »ihre« Puppe in die leer gewordene Schublade.

»Ich kann hier wohnen!«, sagte Annika und klappte ihren Koffer auf, der immer noch auf dem Bett lag.

»Cool«, meinte Erle.

Annika kippte aus, was noch im Koffer war, und setzte die rothaarige Puppe hinein.

»Genial!«, sagte Erle. »Da drinnen hast du massig Platz für ihre Kleider, du hast ja sozusagen zwei Zimmer.«

»Und wenn du noch eine Schublade dazunimmst, hast du zwei Etagen«, sagte Annika.

»Ja!«, sagte Erle.

Sie zog die nächste Schublade auf und nahm ein paar alte Donald-Duck-Hefte heraus, die dort lagen.

»Wie teilen wir die Kleider auf?«, fragte Erle.

»Wir können ja abwechselnd wählen«, schlug Annika vor.

Und so machten sie es. Erle durfte anfangen. Sie wählte den goldenen Rock mit den roten Pailletten, Annika das Reiterdress mit den hohen Reitstiefeln.

»Ach«, seufzte Erle. »Das hätte ich als Nächstes gewählt.«

»Such dir einfach was anderes aus«, sagte Annika.

Und genau das tat Erle. Sie tat, was Annika sagte! Am Ende hatte jede von ihnen einen Stapel Kleider vor sich liegen: Badezeug, Kostüme, Jeans, einen langen weißen Mantel für Annikas rothaarige Puppe und eine Jacke mit Zebrastreifen für Erles schwarze Puppe. Hüte, Taschen, Schuhe und Tops – die Puppen nahmen alles mit in ihre neuen Wohnungen.

»Wie heißt deine?«, fragte Erle.

»Isabella«, sagte Annika. Das war ihr absoluter Lieblingsname.

»Oh«, sagte Erle.

»Und deine?«

Erle dachte nach.

»Natalie, wie wär's damit?«

Annika nickte.

»Der Name passt gut.«

Erle lächelte zufrieden und sortierte Natalies Garderobe in der oberen Schublade ein.

»Was hat Natalie für einen Beruf?«, fragte Annika.

»Sie ist Kosmetikerin«, sagte Erle. »Und Isabella?«

»Eigentlich wollte sie ja Ärztin werden. Aber dann sind ihre Eltern bei einem schrecklichen Autounfall ums Leben gekommen und Isabella musste ihr Medizinstudium aufgeben, um sich um ihre jüngeren Geschwister zu kümmern. Sie hat wahnsinnig viel zu tun, weil sie viele Geschwister hat, die was zu essen und Fürsorge und Trost brauchen, und oft weiß Isabella vor Erschöpfung nicht mehr ein noch aus.«

Erle hörte mit großen Augen und offenem Mund zu.

»Wo hast du das denn gelesen?«, fragte sie.

»Das hab ich nirgendwo gelesen«, sagte Annika. »Das denke ich mir aus.«

»Ganz allein?«, fragte Erle erstaunt.

Annika nickte, nicht weniger erstaunt. War es nicht genau das, worum es beim Spielen ging?

»Cool«, sagte Erle. »Und was passierte dann?«

»Eines Tages, als Isabella Windeln für ihre jüngste Schwester kauft, kommt ein Mann auf sie zu und spricht sie an«, sagte Annika. »Er sagt ihr, dass sie die schönste Frau ist, die er je gesehen hätte. Auf der ganzen Welt!«

»Wahnsinn«, meinte Erle.

»Und dann fragt er sie, ob sie nicht Lust hätte, Model zu werden.«

»Nicht im Ernst?«, sagte Erle.

»Doch«, sagte Annika. »Aber das geht ja nicht, weil sie sich um ihre Geschwister kümmern muss.«

»Arme Isabella!«, meinte Erle.

Annika nickte.

»An diesem Abend weint sie sich in den Schlaf, weil sie sich selbst so leidtut. Aber da ruft der Mann aus der Modelagentur noch mal an und sagt, dass sie unbedingt Model werden muss, und dann engagiert er eine supernette Frau, die bei den Geschwistern einzieht und auf sie aufpasst, sodass Isabella nach Paris gehen und Topmodel werden und einen Haufen Geld verdienen kann. Aber sie fährt trotzdem jedes Wochenende nach Hause und spielt mit ihren Geschwistern.«

»Oh«, sagte Erle mit einem neidischen Blick auf Annikas Puppe.

Dann hob sie ihre Puppe hoch und sah sie lange an.

»Nicht dass du denkst, ich mach dir alles nach«, sagte Erle. »Aber könnte Natalie nicht auch Model sein?«

Annika wurde ganz warm.

»Ja, klar«, sagte sie.

Die nächsten Stunden spielten sie mit den Anziehpuppen.

Fast wie Freundinnen, dachte Annika. Auf alle Fälle waren Isabella und Natalie Freundinnen. Beste Freundinnen. Sie brezelten sich auf und gingen auf Partys, um Greg und Steven zu treffen, in die sie verliebt waren; Erles Puppe in einem knöchellangen Glitzerkleid und die von Annika in Minirock und hochhackigen Stiefeletten.

»I love Greg«, flüsterte Annika und ließ Isabella in Natalies Ohr kichern.

»And I love Steven«, kicherte Erle mit Natalies heller Stimme.

»Ach, wie nett!«, sagte plötzlich eine andere Stimme hinter ihnen.

Sie zuckten zusammen und fuhren herum. In der Türöffnung stand Mama und lächelte breit.

»Spielt ihr mit den Anziehpuppen?«

»Nein«, sagte Erle und ließ Natalie los.

»Na dann«, sagte Mama leichthin. »Das Essen ist bald fertig. Ihr habt doch sicher Hunger, oder?«

Weder Annika noch Erle antworteten. Annika starrte ihre Puppe an. Die schöne Stimmung von eben war plötzlich so unendlich weit weg.

»Fredrik musste noch mal los, um was mit den Handwerkern zu besprechen«, sagte Mama. »Habt ihr Lust auf was zu trinken?«

Erle stand auf und auf dem Weg zur Tür trat sie auf Isabellas Mantel. Bestimmt aus Versehen, dachte Annika. Aber vielleicht auch nicht.

»Wo willst du hin?«, fragte Mama.

»Zum Kiosk«, sagte Erle.

»Meinst du, das ist eine gute Idee?«, fragte Mama. »So kurz vorm Mittagessen?«

»Bist du meine Mutter, oder was?«, fragte Erle. Sie wartete die Antwort gar nicht erst ab und drängte sich an Mama vorbei. Gleich darauf hörten sie die Haustür zuknallen.

6

Annikas Mutter beugte sich über den Küchentisch und blätterte konzentriert in einem dicken Kochbuch. Neben ihr auf der Bank standen zwei prall gefüllte Taschen mit Lebensmitteln. Als ob der Kühlschrank nicht schon voll genug wäre.

»Was machst du da?«, fragte Annika.

Mama blätterte in dem Buch ohne aufzuschauen.

»Wie schön, dass du und Erle so nett zusammen spielt«, meinte sie.

»Ich hab dich was gefragt«, sagte Annika.

Mama sah hoch und lächelte.

»Ich dachte, ich koch uns was Nettes«, sagte sie. »Sieht das nicht toll aus?«

Mama zeigte auf ein Foto, auf dem eine Art Eintopf mit vielen leckeren Zutaten in allen möglichen Farben zu sehen war.

Annika ging zum Fenster. Der Garten und die Hängematte waren leer.

»Koriander«, murmelte Mama. »Ist das ein Gewürz?«

»Wozu brauchst du ein Kochbuch?«

»Um kochen zu lernen«, antwortete Mama.

Annika sah ihre Mutter an.

»Kochen lernen?«, wiederholte sie. »Du kannst doch kochen.«

»Aber nicht wirklich gutes Essen«, sagte Mama. »*Gourmet*-Küche.«

»Niemand macht bessere Tacos als du«, sagte Annika. »Oder deine Pizza! Die Mädchen aus meiner Klasse sind verrückt danach.«

Mama richtete sich auf und beugte sich über die Tragetaschen auf der Bank.

»Das ist lieb von dir, Annika. Aber ist Pizza nicht ziemlich langweilig?«

Sie verteilte Paprikaschoten, ein Hühnchen, Pilze und alle möglichen anderen Zutaten, die Annika noch nie gesehen hatte, auf dem Tisch. Nachdem sie die Hände gewaschen hatte, schaltete sie das Radio an und begann, das Gemüse zu putzen. Danach schnitt sie es in kleine Stücke. Sie summte das Lied im Radio laut und ein bisschen falsch mit, aber genau das gefiel Annika. Das erinnerte sie daran, wie Mama eigentlich war.

»Wie wär's heute mal mit was ganz Einfachem?«, fragte Mama immer, wenn sie nachmittags aus dem Friseurladen nach Hause kam. Eine Frage, die Annika jedes Mal mit Ja beantwortete. Dann drückte Mutter Annika Geld in die Hand und sie lief zu dem kleinen Laden auf der anderen Straßenseite und kaufte eine Tütensuppe oder Nudeln. Während sie sich erzählten, wie ihr Tag gewesen war, machte ihre Mutter das Essen. Und sie waren sich einig, dass es ganz köstlich schmeckte.

»In netter Gesellschaft schmeckt alles gut!«, sagte Mama immer.

Jetzt schnippelte sie Grünzeug, als ob es um ihr Leben ginge, und Annika fragte sich, ob es daran lag, dass Mama die Gesellschaft hier auf dem Landsitz vielleicht nicht besonders nett fand.

Fredrik kam mit einem ausladenden Blumenstrauß nach Hause.

»Du Lieber«, sagte Mama. »Wie süß von dir!«

Annika saß im Wohnzimmer vor dem großen Fenster und hörte Mama kichern. Sie hielt den Comic ein bisschen höher, damit sie nichts sehen musste. Aber sie konnte sich nicht auf die Zeichnungen konzentrieren, dabei waren sie echt lustig. Sie musste sich anhören, was die Erwachsenen sagten, obwohl es sie eigentlich gar nicht interessierte.

Fredrik erzählte, dass er mit dem Malermeister gesprochen hätte und dass sie morgen Bescheid geben wollten, bis wann sie mit dem Streichen fertig sein könnten. Und Mama erzählte ihm mit leiser Stimme, dass Annika und Erle so schön miteinander gespielt hätten. Worauf Fredrik sagte, dass er fest damit gerechnet hätte, dass die Mädchen sich verstünden, wenn man ihnen nur ein bisschen Zeit ließe. Es folgte ein Schmatzlaut und Annika hielt den Comic noch ein bisschen höher.

»Ich habe leider eine schlechte Nachricht«, meinte Fredrik.

»Oje?«, sagte Mama.

»Ich werde arbeiten müssen«, sagte Fredrik.

»Wieso das denn?«

»Nur diese Woche. Für Mittwoch ist eine außerordentliche Vorstandssitzung anberaumt worden. Wie es aussieht, wird es in der Firma ein paar Umstrukturierungen geben, über die ich mitentscheiden muss.«

Es wurde still. Annika lugte vorsichtig über den oberen Heftrand. Mama hatte Fredrik den Rücken zugewandt und arrangierte die Blumen in einer Vase.

»Hast du mir deswegen Blumen mitgebracht?«, fragte Mama. »Als Trostpflaster?«

»Das ist kein Trostpflaster!«, sagte Fredrik und nahm Mama die Vase aus der Hand. »Die Blumen hab ich dir mitgebracht, weil ich dich liebe!«

Mama sagte nichts. Annika fand es ganz schön dreist von Fredrik, Mama, Erle und sie hier raus zu locken, wenn er dann doch arbeiten ging.

»Es sind ja nur ein paar Tage«, sagte Fredrik. »Danach haben wir noch zwei ganze Wochen zusammen.«

Mama brachte es offenbar nicht fertig, sauer auf ihn zu sein. Sie lächelte und gab Fredrik einen Kuss, ehe Annika das Heft wieder hochhalten konnte.

Es war kurz nach sieben, als Erle zurückkam, aber das machte nichts, weil Mama sich mit der Vorbereitungszeit wohl etwas verschätzt hatte. Das Fleisch musste zuerst mariniert und eine andere Zutat vorgegart werden. Als das Essen am Ende fertig und der Tisch gedeckt war, war sie hochrot im Gesicht.

»Das duftet aber köstlich!«, sagte Fredrik.

»Das ist ja unser gutes Service«, sagte Erle.

Sie setzte sich auf den Platz gegenüber von Annika und zeigte mit dem Finger auf die Teller, mit denen Mama den Tisch gedeckt hatte.

Mama lächelte.

»Ja«, sagte sie. »Ich fand sie auch sehr schön.«

Erle verdrehte die Augen.

»Die werden aber nur zu besonderen Anlässen aufgedeckt!«, meinte Erle. »Nicht an einem ganz normalen Tag!«

»Ach so?«, sagte Mama.

Ihr Lächeln wurde unsicher, sie sah Hilfe suchend zu Fredrik, aber der war gerade dabei, sich was aufzutun, und schien nichts von alledem mitzubekommen.

»Eigentlich gehören sie Mama«, sagte Erle. »Sie hat sie kurz vor der Scheidung in Stockholm gekauft.«

Annika sah ihre Mutter an und ihre Mutter sah Fredrik an, aber Fredrik reagierte nicht. Er machte den Mund nur auf, um etwas zu essen hineinzuschieben. Dann stieß er ein lang gezogenes »Mmmmh« aus, was wohl bedeuten sollte, dass es ihm gut schmeckte.

»Ich habe mir überlegt, eine Model-Party zu geben«, sagte Erle.

»Wie bitte?«, fragte Fredrik.

»An meinem Geburtstag«, sagte Erle. »Alle müssen sich als Models verkleiden und dann bauen wir im Garten einen Laufsteg auf.«

»Hört sich spannend an!«, sagte Mama.

»Ach, Mädels«, seufzte Fredrik und schüttelte den Kopf. »Wozu so ein albernes Getue? Ihr seid am hübschesten, so wie ihr seid, wozu wollt ihr euch derart aufbrezeln?«

Erles Mund wurde zu einem Strich, der sich an beiden Enden nach unten bog, aber Mama lachte und stieß Fredrik an.

»Spielverderber«, sagte sie. »Ich finde Erles Idee klasse!«

Erle nickte und streckte sich, als wäre sie stolz, ganz allein auf so eine tolle Idee gekommen zu sein. Dass ich nicht lache, dachte Annika. Erle wäre nie darauf gekommen, wenn Annika ihr vorhin, als sie mit den Anziehpuppen gespielt hatten, nicht die Geschichte erzählt hätte. Erle griff nach dem

Wasserkrug und sah Annika nicht einmal an. Dann klingelte das Telefon und Erle sprang von ihrem Stuhl auf.

Terese war offensichtlich mit Shoppen fertig und wollte Erle sehen.

»Klar!«, sagte Erle in die Sprechmuschel. »Ich komme zu dir rüber!«

»Willst du nicht wenigstens erst aufessen, bevor du gehst?«, fragte Mama, als Erle den Hörer auflegte.

»Tereses Mutter hat Pizza gemacht«, sagte Erle.

»Oh«, sagte Mama.

Sie stocherte in dem Essen auf ihrem Teller, als zweifelte sie daran, dass das, was sie gekocht hatte, schmecken könnte.

»Pizza ist doch langweilig«, konnte Annika sich nicht verkneifen.

Mama machte den Mund auf und sah Annika an, aber sie sagte nichts. Und Erle verdrehte mal wieder die Augen.

»Warte wenigstens, bis Annika aufgegessen hat«, sagte Fredrik. »Dann kannst du sie mitnehmen.«

Erle wollte gerade protestieren, aber Annika kam ihr zuvor.

»Ich möchte lieber hierbleiben«, sagte sie. »Ich lese momentan einen superspannenden Comic.«

»Na dann«, sagte Fredrik.

Erle lächelte Annika an, aber das war kein freundliches,

herzliches Lächeln, sondern eins, das sagte: ›Glück gehabt, glaub ja nicht, dass wir dich dabeihaben wollen!‹

Erle verschwand. Sie aßen schweigend zu Ende. Irgendwann stand Mama auf und trug den Topf zur Spüle. Gut die Hälfte war noch übrig.

»Das war superlecker!«, sagte Annika. »Ich habe ganz viel gegessen!«

Mama lächelte, aber nicht so wie sonst, wenn sie glücklich war. Fredrik räumte summend die Teller ab, während Annika auf ihrem Platz sitzen blieb und Mama beobachtete, ihren schmalen Rücken, wie von einem kleinen Vogel.

Erle hätte mich ruhig fragen können, ob ich mitkommen will, dachte Annika, als sie zum Kiosk ging.

Hatten sie vorhin etwa nicht mit Annikas Puppen gespielt? Und hatte Annika ihr nicht freiwillig die schönste Puppe und die schönsten Kleider überlassen? Aber das zählte alles nicht, so viel begriff Annika inzwischen. Weil sie zwei Jahre jünger war und weil sie da war, obwohl sie eigentlich nicht hierher gehörte, musste sie sich damit abfinden, dass es so war. Annika bog zum Kiosk ab und merkte, wie sich ihre Kiefer vor Wut verkrampften. Es war zum Kotzen! Zum Scheibeneinwerfen! Zum …

Weiter kam sie nicht in ihren Gedanken, weil die Kiosktür von innen aufgestoßen wurde, völlig überraschend und sehr heftig. Annika, die direkt davor stand und sie gerade von außen öffnen wollte, stieß mit demjenigen zusammen, der herausgestürmt kam.

Es war ein Junge. Er mochte etwas älter sein als Annika, wie Erle vielleicht oder noch älter. Er war verschwitzt und trug Joggingklamotten. Das alles registrierte Annika, ehe der Junge ein lang gezogenes »Uuuups« ausstieß und gleich darauf ein Klirren zu hören war.

Etwas Kaltes spritzte an Annikas Beine. Sie machte einen Satz nach hinten. Vor ihr auf der Steintreppe, zwischen ihren Sandalen und den Joggingschuhen des Jungen, lag eine zerbrochene Colaflasche.

»Shit«, murmelte der Junge mit einem Blick auf die Glasscherben.

Wahrscheinlich hatte er gejoggt oder trainiert, jedenfalls war sein Kopf ganz rot und verschwitzt, und das Shirt klebte ihm am Oberkörper.

»Tut mir leid«, sagte Annika. »War das meine Schuld?«

Der Junge atmete ein, fast so wie Erle, und schob die Glasscherben mit seinem orangefarbenen Sportschuh zur Seite.

»Scheiß drauf«, sagte er.

Annika schob die Hand in die Tasche ihrer Shorts und zog den Fünfzigkronenschein heraus, den ihre Mutter ihr gegeben hatte.

»Da!«, sagte sie. »Nimm.«

Der Junge sah sie an und runzelte die Stirn. Dann schüttelte er langsam den Kopf.

»Den hab ich gekriegt, um mir ein Eis zu kaufen, aber eigentlich hab ich gar keine Lust auf Eis«, beeilte Annika sich zu sagen. »Ich hab nur so gesagt, dass ich ein Eis wollte, damit ich einen Grund hatte, aus dem Haus zu gehen!«

Der Junge zog die Augenbrauen hoch und sah sie mit einer Mischung aus Skepsis und Ungeduld an.

»Scheiß drauf«, sagte er noch einmal, bevor er sich an Annika vorbeischob und in Richtung Strand davonjoggte.

7

Erle lag auf dem Rücken und schlief mit offenem Mund.

Annika stieg aus ihrem Bett und beobachtete sie. Was wohl passieren würde, wenn sie etwas in ihren Mund fallen ließ? Ein Geldstück zum Beispiel? Würde das reichen, dass Erle erstickte? Annika musste lachen, ziemlich laut sogar. Aber Erle wachte nicht auf. Sie schmatzte nur leise und drehte sich mit dem Gesicht zur Wand.

Mutter hatte es sich auf einer Liege im Garten bequem gemacht, nicht weit weg von der Hängematte. Sie hatte ihren gelben Bikini an, die gigantische Sonnenbrille auf der Nase und las eine Zeitschrift. Als sie Annika aus dem Haus kommen sah, setzte sie sich auf und schob die große Sonnenbrille ins Haar.

»Guten Morgen«, sagte sie lächelnd. »Gut geschlafen?«

»Wo ist Fredrik?«, fragte Annika.

»Bei der Arbeit«, sagte Mama.

»Ich dachte, er wäre der Chef?«, sagte Annika.

Mama nickte und guckte verträumt.

»*Geschäftsführender Direktor.*«

Sie sprach die Worte langsam und überdeutlich aus, ein bisschen so, als ob sie *Ihre Königliche Hoheit* sagte.

»Und warum kann er dann nicht einfach beschließen, dass er frei hat, wenn er der Chef ist?«

Mama lächelte und legte die Hand über die Augen, um sie von der Sonne abzuschirmen.

»Meinst du nicht, wir kommen auch ein paar Stunden ohne ihn aus?«

Was das betraf, war Annika ganz ihrer Meinung. Ihretwegen könnten sie gern ganz auf Fredrik verzichten.

Mamas Lächeln wurde breiter. Es galt jemandem hinter Annikas Rücken und Annika brauchte nicht zu raten, wen ihre Mutter entdeckt hatte.

»Hallo, Erle!«, sagte sie. »Gut geschlafen?«

Erle stand am offenen Schlafzimmerfenster und murmelte etwas Unverständliches zur Antwort, während sie in die Sonne blinzelte.

»Ich muss heute in der Nähe des Hauses bleiben, falls die Handwerker anrufen«, sagte Mama. »Aber ihr könnt gern an den Strand gehen. Ich habe euch schon was zurechtgemacht.«

Sie zeigte in den Schatten vor der Hauswand.

»Ich habe euch ein paar leckere Brötchen geschmiert«, sagte Mama. »Nehmt den Korb mit an den Strand und macht euch einen schönen Tag!«

Annika nahm den Korb in Augenschein. Sah ganz so aus, als wäre er randvoll mit lauter guten Sachen. Als sie den Kopf drehte, begegnete sie Erles Blick. Erle sah aus, als würde sie am liebsten ablehnen und sagen, dass sie auf keinen Fall den Tag mit Annika verbringen wollte. Aber Erle sagte nichts.

»Es gibt auch eine kleine Überraschung für jede von euch«, sagte Mama mit einem Kopfnicken Richtung Korb.

Annika sah ein paar Flaschen Limo und dazwischen etwas Viereckiges, das in rotes Papier eingewickelt war.

»Was für eine Überraschung?«, fragte Erle mit einem skeptischen Blick auf den Korb.

Mutter lachte.

»Das werdet ihr dann ja sehen«, sagte sie und schob die Sonnenbrille wieder vor die Augen. »Um fünf Uhr gibt es Essen.«

Annika und Erle trugen den Korb zwischen sich zum Strand.

Sie redeten nicht miteinander, aber allein die Tatsache, dass sie den Korb gemeinsam trugen, war an sich schon eine Sensation, dachte Annika. Natürlich war dieser Zustand nicht von Dauer. Kaum hatten sie den Strand erreicht, entdeckte Erle Terese. Sie lag mit einem Kopfhörer auf den Ohren und einer Zeitschrift vor der Nase auf einem Badetuch.

»Ich lege mich zu Terese«, sagte Erle. »Du kannst ja

wahrscheinlich nicht mitkommen, weil du keine Sonne verträgst?«

»Nö«, sagte Annika. »Aber im Korb ist Sonnenmilch.«

»Welcher Lichtschutzfaktor?«, fragte Erle. »Hundert?«

»Fünfzehn«, sagte Annika nach einem kurzen Blick auf die Sonnenmilch, die Mutter ihr eingepackt hatte.

»Vergiss es«, sagte Erle. »Damit kriegst du auf alle Fälle einen Sonnenbrand. Dir fehlt die Grundbräune.«

Erle neigte den Kopf zur Seite und sah Annika mit einem Blick an, der wohl Besorgnis vorstellen sollte. Als ob du dir Sorgen um irgendwas machst!, dachte Annika. Aber sie sagte nichts. Sie trottete stumm hinterher, als Erle den Korb im Schatten unter den Bäumen abstellte.

»So«, sagte Erle. »Hier hast du's doch schön.«

Annika fiel keine gute Antwort ein. Erle drehte sich um und winkte Terese zu, die sie inzwischen auch entdeckt hatte.

»Zwei Sekunden noch, dann bin ich bei dir!«, rief sie.

Terese schickte einen Luftkuss zurück. Da fiel Annikas Blick auf die beiden Päckchen in dem Korb.

»Wollen wir die Geschenke jetzt auspacken?«, fragte sie.

Erle seufzte. Als ob Geschenke bekommen eine Zumutung wäre. Und vielleicht war es das ja auch, wenn man so verwöhnt war wie sie. Mit ungeduldigen Fingern riss Erle das Papier auf.

»Was ist das denn?«, fragte sie.

»Ein Tagebuch«, sagte Annika, die im gleichen Augenblick mit dem Auspacken fertig war.

»Und was soll ich damit?«, fragte Erle.

»Was reinschreiben, natürlich«, sagte Annika. »Alles, was passiert, und so.«

Erle sah sie verständnislos an.

»Schreiben?«, sagte sie. »Ich habe Sommerferien! Schulfrei!«

Sie warf das Tagebuch in den Korb und schnappte sich drei Flaschen Limo.

»Die teile ich mir mit Terese«, sagte sie.

»Drei Flaschen?«, fragte Annika.

Erle seufzte.

»Du hast doch auch noch eine, oder etwa nicht?«

Damit drehte sie sich um und tänzelte über den heißen Sand bis zu Tereses Platz am Wasser.

Und dort blieb sie den ganzen Tag.

Für Annika war das okay so. Sie kam gut alleine klar, brauchte niemandem leidzutun. Arme Kinder können einem leidtun, dachte sie. Oder Kinder, die Krebs haben und bald sterben müssen. Was war schon schlimm daran, an einem herrlich warmen Tag mit einem Korb voller Brötchen und Limo neben sich an einem schönen Strand zu liegen?

Einmal, um die Mittagszeit, badete sie. Das Wasser war erstaunlich warm, aber schrecklich salzig und voller Sachen, die Annika nicht gewohnt war. Schwabbelige Quallen und kleine, ekelige Krebse. Annika badete meistens in Süßwasser. Oder in der Schwimmhalle. Terese und Erle waren fast ohne Unterbrechung im Wasser, spielten Ball, schwammen oder liefen im flachen Wasser hin und her und wackelten mit dem Hintern und machten sich wichtig.

Irgendwann wurde es Annika dann doch langweilig. Zuerst buddelte sie mit einem großen, flachen Stein im Sand. Dann zählte sie alle Leute am Strand, die einen roten Bikini trugen, konnte sich aber nicht entscheiden, ob sie die mit roten Streifen oder Punkten mitrechnen sollte oder nur die ganz roten. Am Ende nahm sie sich ihr Tagebuch vor.

Liebes Tagebuch!, schrieb sie. *Gestern habe ich einen coolen Jungen kennengelernt. Wir sind in der Tür zum Kiosk zusammengestoßen. Er war total verschwitzt und trug ein Stirnband und einen roten Jogginganzug. Seine Colaflasche rutschte ihm aus der Hand und zersplitterte in tausend Scherben. Genau wie unsere Herzen. Das muss Liebe sein!*

Annika musste über das lachen, was sie geschrieben hatte. Es entsprach schließlich nicht ganz der Wahrheit. Aber in Tagebüchern durfte man ruhig ein bisschen flunkern. Da es doch eh niemand las. Und der Junge war wirklich ziemlich cool gewesen, das hatte sie nicht erfunden. Nicht dass sie sich was aus Jungs machte, aber wenn ihr zum Beispiel jemand eine Pistole an die Schläfe halten und von ihr verlangen würde, dass sie einen coolen Jungen nennen sollte, hätte sie ihn genommen.

Annika kicherte und rollte sich auf dem Strandlaken zusammen. Sie genoss es, im Schatten zu liegen. Da war es wenigstens schön kühl und angenehm. Sie gähnte und schloss die Augen.

Annika musste wohl eingeschlafen sein, weil plötzlich Erle vor ihr stand, direkt neben dem Handtuch, die Hände energisch in die Seiten gestemmt.

»Wir müssen los!«, sagte sie. »Es ist gleich fünf.«

Erle ging den ganzen Weg nach Hause zwei Meter vor Annika und half ihr nicht, den Korb zu tragen.

Jetzt, wo er fast leer war, war er zwar leichter, aber trotzdem. Kurz vorm Ziel blieb Erle stehen und wartete, bis Annika sie eingeholt hatte.

»Ich habe keinen Bock, angeblafft zu werden«, sagte sie. »Deswegen rate ich dir, so zu tun, als wären wir den ganzen Tag zusammen gewesen, okay?«

Sie sah Annika auffordernd an.

»Soll ich etwa lügen?«, fragte Annika.

Erle schnaufte verächtlich.

»Nenn es, wie du willst«, sagte sie.

Damit drehte sie sich um und ging auf die Tür zu.

Fredrik stand im Flur und lockerte seinen Schlips.

Neben ihm auf dem Boden stand eine dicke Aktentasche. Annika dachte daran, dass Mama und sie sich immer über diesen Typ Mann lustig gemacht hatten: Männer mit Anzug und Schlips, die mit Aktentasche unterm Arm und Handy am Ohr durch die Gegend stressten.

Aber Mama lachte nicht. Sie hatte den Tisch mit dem Alltagsgeschirr gedeckt, nicht dem »guten«, aber es sah trotzdem toll aus. Es gab Blumen und Servietten, und in der Mitte stand ein großer Topf.

»Tomatensuppe«, sagte Mama. »Was Einfaches.«

»Wunderbar«, meinte Fredrik und setzte sich an den Tisch.

Annika und Erle setzten sich wieder auf die gegenüberliegenden Plätze.

»Hattest du nicht gesagt, dass die Handwerker heute kommen wollten?«, sagte Mama und schenkte Wasser in die Gläser.

»Wie bitte?«, sagte Fredrik.

»Die Handwerker«, sagte Mama.

»Was ist mit denen?«

»Du wolltest doch mit dem Maler sprechen? Und der wollte sich heute melden, bis wann sie mit den Gästezimmern fertig sein können.«

Fredrik sah Mutter verwirrt an. Dann schüttelte er den Kopf.

»Tut mir leid«, sagte er. »Das hab ich völlig verschwitzt.«

»So was Dummes!«, sagte Annika. »Mama ist extra den ganzen Tag zu Hause geblieben, für den Fall, dass sie kommen. Wenn sie gewusst hätte, dass du sie noch nicht mal anrufst, hätte sie genauso gut mit uns an den Strand gehen können!«

Fredrik blinzelte mehrmals und guckte ziemlich schuldbewusst aus dem Hemdkragen.

»Macht ja nichts«, sagte Mama schnell. »Ich hatte es auch schön im Garten. Wie war es bei der Arbeit?«

Fredrik seufzte und rührte in seiner Suppe.

»Das wird morgen voraussichtlich eine anstrengende Sitzung«, sagte er. »Wir schreiben rote Zahlen.«

»Papa!«, sagte Erle. »Musst du beim Essen von deiner langweiligen Arbeit sprechen?«

Mutter konnte sich ein Lachen nicht verkneifen.

»Eins zu null für dich, Erle!«, sagte sie und zwinkerte ihr zu.

Fredrik lächelte und griff nach Mutters Hand.

»Köstlich«, sagte er. »Eine köstliche Suppe von einer wunderbaren Köchin.«

Mutter lächelte glücklich und sah Annika und Erle an.

»Und ihr beiden? Hattet ihr einen schönen Tag am Strand?«

Einen Augenblick war es still.

»Wir hatten total viel Spaß«, sagte Annika. »Haben zusammen gebadet und Ball gespielt und so, Erle und ich.«

Erle bedachte Annika mit einem zufriedenen Grinsen und Annika wunderte sich, wie leicht ihr das Lügen fiel.

»Wie schön!«, sagte Mama und ihr Lächeln war ganz echt.

Fredrik nickte ebenfalls zufrieden.

»Dann habt ihr beiden ja sicher nichts dagegen, auch den Abend zusammen zu verbringen, oder?«

»Hä?«, sagte Erle.

»Ich hatte nämlich vor, dich heute Abend einzuladen«, sagte Fredrik und lächelte Mutter geheimnisvoll an.

»Wirklich?«, sagte Mama.

»Was soll das heißen?«, meinte Erle aufgebracht. »Dass Annika und ich heute Abend alleine zu Hause bleiben sollen?«

»Ja«, sagte Fredrik.

»Und wo wollen wir hin?«, fragte Mama.

Fredrik zwinkerte ihr zu.

»Kann ich dich zu einem Tänzchen unter freiem Himmel überreden?«

Mamas Gesicht war jetzt nur noch ein einziges Lächeln.

»Fantastisch!«, rief sie. »Ich tanze leidenschaftlich gern.«

»Das geht nicht!«, protestierte Erle. »Ich wollte heute Abend was mit Terese unternehmen.«

»Dann nehmt ihr Annika eben mit«, sagte Fredrik.

»Nein!«, sagte Erle.

Fredrik nahm den Löffel aus der Suppe und zeigte damit auf Erle.

»Da gibt es überhaupt nichts zu diskutieren!«

Mama nickte, um zu demonstrieren, dass sie absolut Fredriks Meinung war.

»Wo ihr doch schon so einen schönen Tag zusammen hattet!«, sagte sie.

Erle funkelte Annika mit zusammengekniffenen Augen an und Annika überlegte, ob sie vielleicht ein bisschen zu überzeugend gelogen hatte.

8

Tereses Zimmer war der reinste Souvenirladen und roch wie eine Parfümerie.

Auf der Kommode und in den Regalen stand jede Menge Krimskrams. Annika fragte sich, ob Terese wohl noch den Überblick hatte.

Terese und Erle lagen auf der rosa Tagesdecke, die über dem riesigen Bett ausgebreitet war. Unter der Zimmerdecke, über dem Bett, hing ein breiter, weißer Spitzenstoff. *Himmelbett* nannte Terese das. Annika hatten sie einen Platz auf dem harten Stuhl neben dem Schreibtisch zugewiesen, der auf Dauer nicht sehr bequem war. Aber es sah nicht so aus, als würden die Mädchen auf dem Bett auch nur einen Gedanken daran verschwenden, ob Annika bequem saß oder nicht. Sie schienen ja noch nicht mal zu bemerken, dass sie sich überhaupt mit ihnen im gleichen Zimmer befand.

Erle und Terese lagen Kopf an Fuß, genau wie in der Hängematte, mit großen weißen und grünen Kissen im Rücken, und unterhielten sich über *Jungs*. Annika verstand nicht, was daran so spannend war.

»Hat er dich angeguckt?«, fragte Erle. »Direkt, meine ich?«

Terese nickte geheimnistuerisch, als wäre es eine weltbewegende Neuigkeit, dass ein Junge ein Mädchen ansah.

»Und dann hat er *Hallo* gesagt.«

»Nein!«, sagte Erle.

»Doch«, sagte Terese.

»Hallo?«

»Ja!«

»Was für ein Hallo?«, fragte Erle.

»Wie meinst du das?«, fragte Terese.

»Na ja, ein alltägliches Hallo oder eher ein überraschtes, erfreutes *Hallo!*?«

Terese dachte angestrengt nach.

»Seine Stimme klang ein bisschen heiser, als er es sagte, und dann hat er sich geräuspert und es noch mal wiederholt, verständlicher sozusagen.«

Erle juchzte und klatschte in die Hände. Terese kicherte.

»Meinst du, das ist ein gutes Zeichen?«, fragte sie.

»Na klar!«, sagte Erle. »Ich wette, er ist in dich verschossen!«

Annika guckte aus dem Fenster. Wollten die beiden den ganzen Abend hier hocken und quatschen? Der Garten hinterm Haus war riesig und hatte tolle Kletterbäume. Ob sie ihnen vorschlagen sollte, rauszugehen und Krieg zu spielen?

»Marius hat sich übrigens heute nach dir erkundigt«, sagte Terese.

Annika sah Terese an, aber natürlich war es nicht sie, nach der Marius sich erkundigt hatte.

»Und was hat er gesagt?«, fragte Erle und guckte mit einem angedeuteten Lächeln im Mundwinkel an die Decke.

»Er wollte wissen, seit wann du da bist und wie lange du bleibst und so weiter. Und ob du dich verändert hättest.«

Erle stemmte sich auf den Ellenbogen hoch.

»Ob ich mich verändert habe?«

Terese nickte.

»Na ja, er hat dich seit letztem Sommer nicht mehr gesehen.«

Erle grinste und legte sich wieder auf den Rücken.

»Und was hast du darauf geantwortet?«

»Dass du noch hübscher bist als letztes Jahr«, sagte Terese. »Und brauner.«

Erle lächelte.

»Und da ist er rot geworden«, sagte Terese.

»Erzähl keinen Quatsch!«, sagte Erle.

»Ich erzähle nie Quatsch!«, sagte Terese.

»Wer ist Marius?«, fragte Annika.

Erle und Terese drehten gleichzeitig die Köpfe zur Seite und glotzten Annika erstaunt an, als hätten sie ganz vergessen, dass sie dort saß.

»Mein großer Bruder«, sagte Terese knapp.

»Bist du in ihn verliebt?«, fragte Annika und sah Erle an.

Terese grinste, während Erle genervt schnaufte.

»Natürlich nicht«, sagte sie.

»Und wieso wirst du dann rot?«, fragte Annika.

Terese prustete los.

»Du raffst aber auch gar nichts!«, sagte Erle und wurde noch roter. »Du mit deinen elf Jahren!«

»Ich glaube, sie rafft mehr, als du glaubst!«, sagte Terese und stupste Erle provozierend mit dem Fuß an.

»Tut sie nicht!«, sagte Erle.

»Dann eben nicht«, sagte Terese.

Es wurde still im Zimmer. Das ist meine Schuld, dachte Annika. Ich hab die gute Stimmung gekillt.

»Wollen wir was machen?«, schlug sie vor. »Wir könnten doch was spielen?«

Terese zog eine Augenbraue hoch.

»Spielen?«, sagte sie.

Annika nickte eifrig.

»Draußen sind so tolle Kletterbäume. Wir spielen, es wäre Krieg und wir müssen auf den Bäumen leben, weil der ganze Boden vermint ist!«, sagte sie.

Terese sah Erle an, nahm die Hand hoch und tippte sich mit dem Zeigefinger an die Schläfe.

»Glaubst du mir jetzt, dass sie ein Baby ist?«, sagte Erle grinsend.

Terese nickte.

»Wir sind dreizehn, Annika. Wir *spielen* nicht mehr«, sagte sie.

»Erle hat aber gestern mit meinen Anziehpuppen gespielt!«, sagte Annika.

»Ja, klar!«, meinte Terese.

»Das ist wahr!«, sagte Annika. »Wir haben gespielt, dass sie Models sind. Stimmt doch, Erle?«

Annika sah Erle an. Sie war schon wieder rot geworden. Rot wie eine Tomate.

»Sie lügt«, sagte Erle.

»So was Gemeines«, meinte Terese.

»Was kann man von Kleinkindern schon anderes erwarten«, sagte Erle herablassend. »Sie pinkelt übrigens noch in die Hose!«

»Tu ich gar nicht«, erwiderte Annika.

»Tust du wohl«, sagte Erle.

»Nein!«, sagte Annika.

Annika merkte, wie sie wütend wurde. Es war eine Sache, alleine am Strand zu liegen oder auf einem unbequemen Stuhl zu sitzen, während die anderen ihren Spaß hatten oder sich auf einem gemütlichen Bett rekelten. Aber beschuldigt zu werden, dass sie noch in die Hose pinkelte, das ging eindeutig zu weit!

»Ist das wahr?«, fragte Terese.

»Ja!«, sagte Erle. »Jede Nacht. Wir haben bald kein sauberes Bettzeug mehr.«

»Du lügst!«, sagte Annika.

»Igitt!«, sagte Terese. »Das ist ja ekelig.«

»Ja!«, meinte Erle. »Und wie. Voll ekelig.«

»Jetzt hört schon auf!«, sagte Annika.

»Glaubst du, sie pinkelt auf meinen Stuhl?«, fragte Terese.

»Da muss man mit rechnen«, sagte Erle. »Du hättest ihr vielleicht besser eine Plastiktüte unterlegen sollen.«

Terese lachte schallend auf.

»Das ist nicht wahr!«, rief Annika. »Ich habe das letzte Mal als kleines Kind in die Hose gemacht, seitdem nicht mehr!«

»Du bist ein kleines Kind«, sagte Erle.

»Ja«, bestätigte Terese. »Sehr klein.«

Sie fing an zu schnuppern.

»Stinkt es hier nicht plötzlich schrecklich nach Pisse?«, fragte sie.

»Ja!«, sagte Erle und schnupperte auch. »Kommt das von dem Baby, was meinst du?«

Terese nickte.

»Da werden wir wohl die Windeln wechseln müssen.«

Erle nickte.

»Unbedingt«, sagte sie.

Es half alles nichts, so sehr Annika sich auch wehrte.

Sie klammerte sich am Stuhl fest. Trat um sich und kratzte. Aber sie waren zwei gegen eine, das war nicht nur feige, dagegen hatte Annika keinerlei Chance. Sie rissen sie von dem Schreibtischstuhl weg und zogen sie zwischen sich ins Badezimmer.

»Jetzt wird das Baby gewaschen!«, rief Terese. »Mit Seife und Wasser!«

Da fing Annika an zu weinen. Sie weinte sonst nie, egal ob sie von der Sprossenleiter gefallen war oder eine Spritze kriegte oder einen traurigen Film anguckte. Doch in diesem Moment brachen alle Dämme und die Tränen schossen ihr nur so aus den Augen. Aber auch das half nichts. Erle und Terese hoben sie einfach in die Badewanne und drehten die Dusche auf.

»Riechst du die Pisse auch?«, rief Erle. »Igitt, was für ein Gestank!«

»Mehr Wasser!«, schrie Terese und richtete den Strahl auf Annika.

Das kalte Wasser spritzte ihr entgegen. Die Shorts und das T-Shirt waren augenblicklich durchnässt, die Haare klebten an ihrer Kopfhaut und im Gesicht. Annika konnte gar nicht mehr aufhören zu heulen, aber sie setzte sich nicht länger zur Wehr. Sie saß mit hängendem Kopf in der Wanne, während das Wasser auf ihren Nacken prasselte.

»Pssst!«, sagte Terese plötzlich.

Sie drehte das Wasser ab und lauschte.

»Hat da grad eine Tür geknallt?«, flüsterte Erle.

Sie hörten Schritte in der unteren Etage.

»Das ist Mama!«, sagte Terese. »Beeil dich!«

Sie schleuderte den Duschkopf von sich und zog den Vorhang zu, sodass Annika in der Wanne nicht zu sehen war. Dann öffneten sie vorsichtig die Tür und liefen kichernd über den Flur.

Annika wollte sich die Tränen abwischen, was ziemlich witzlos war, denn ihr Gesicht war ganz nass. Alles an ihr war nass. Klitschenass und schwer. Sie stand langsam auf. Die Kleider klebten an ihrem Körper. Sie hatte das Gefühl, dass die Jeans-Shorts mindestens hundert Kilo wogen. Da hörte sie Schritte auf der Treppe. Eilige Schritte, die nach oben kamen. Hoffentlich ging die Mutter direkt in Tereses Zimmer, um die Mädchen auszuschimpfen!

Aber das war nicht Tereses Mutter, die die Treppe raufkam. Und die Schritte bewegten sich auch nicht in Richtung von Tereses Zimmer. Sie kamen immer näher. Die Badezimmertür ging auf. Jemand summte ein Lied vor sich hin. Das war doch eine Jungenstimme! Annika stand mucksmäuschenstill hinter dem Duschvorhang und spähte durch den schmalen Spalt. Es war tatsächlich ein Junge! Ein Junge mit roter Joggingjacke und einem Stirnband. Der Junge von gestern. Der mit der Colaflasche. Was um alles in der Welt hatte der hier zu suchen? Das konnte doch nur Tereses Bruder sein. Marius. Oh nein, nun machte er auch noch Anstalten, sich auszuziehen!

Leise vor sich hin summend zog er erst die Joggingjacke aus und dann das verschwitzte T-Shirt über den Kopf. Jetzt stand er mit nacktem Oberkörper da. Er war ziemlich braun. Seine Hände wanderten zum Bund der Jogginghose und begannen, sie nach unten zu schieben.

Annika kniff die Augen zu. Sie wollte nichts sehen. Sie wollte es überhaupt nicht wissen! Sie kniff die Augen ganz fest zusammen und dachte, wenn sie so stehen bliebe, ganz still und mit geschlossenen Augen, würde vielleicht alles um sie herum einfach verschwinden.

Ein Rascheln veranlasste Annika dazu, die Augen zu öffnen.

Der Junge hatte den Duschvorhang aufgezogen. Er stieß einen Schrei aus, als er sie sah, und Annika schrie ebenfalls. Weil der Junge nämlich nackt war. Splitternackt. Sie konnte alles sehen! Und das wollte sie nicht. Aber es passierte trotzdem.

»Wer zum Teufel bist du?!«, schrie der Junge und grapschte sich ein Handtuch, um es vor seinen Pimmel zu halten. »Mach, dass du hier rauskommst!«

Als ob Annika freiwillig tropfnass in der Badewanne eines fremden Hauses stände, um sich den Pimmel eines fremden Jungen anzugucken!

Mit einem energischen Satz sprang sie aus der Wanne, nahm die Treppe in drei Sätzen und rannte den ganzen Weg bis nach Hause. Rannte und heulte und tropfte und dachte, wenn es auf dieser Welt auch nur einen Funken Gerechtigkeit gab, dann würden zwei Mädchen in Kürze eine Abreibung bekommen. Und zwar eine gründliche!

9

Es war niemand zu Hause.

Auch gut. Auf dem Küchentisch lag ein Zettel. *Hoffe, ihr hattet einen schönen Abend! Bei uns kann es spät werden. Schlaft gut! Umarmung von M + P.*

M + P? Was sollte das denn heißen? Micky und Pluto? Die glaubten doch wohl nicht im Ernst, dass Annika und Erle bei dieser Happy-Family-Soap mitspielten, weil sie sich Mama und Papa nannten.

Annika hätte am liebsten was kaputt gemacht, Erles Schminksachen ins Klo geschüttet oder ihren Koffer durch das große Panoramafenster im Wohnzimmer geschleudert. Oder wie wäre es, wenn sie Erles Klamotten mit einer Schere in winzige Fetzen zerschnitt? Sie könnte es ja wie einen Einbruch aussehen lassen.

Oder auch nicht.

Annika merkte plötzlich, wie fertig sie war. Ihre Sachen waren nass und sie fror. Sie zwängte sich aus den nassen Kleidern und stopfte sie in eine Plastiktüte. Dann knotete sie die Tüte zu und stopfte sie in den Mülleimer unter der Spüle. Nie, nie mehr wollte sie die Shorts und das T-Shirt anziehen.

Danach ging sie ins Bad und stellte sich unter die Dusche. Das Wasser lief dampfend heiß über ihren Rücken. Annika dachte an den kleinen Durchlauferhitzer, den sie zu Hause hatten. Wenn Mama und sie nacheinander duschen wollten, mussten sie sich beeilen. Annika schloss die Augen und hielt das Gesicht unter den Strahl.

Am Ende war ihre Haut fast gefühllos, wie betäubt von dem heißen Wasser. Annika drehte den Hahn ab und nahm sich ein Handtuch aus dem Schränkchen unter dem Waschbecken. Hier waren alle Handtücher strahlend weiß und dick und flauschig, fleckenlos rein und ohne Farbränder. Ganz anders als ihre Handtücher zu Hause, dachte Annika. Zu Hause hatten sie verfärbte und abgenutzte Handtücher in allen möglichen Farben und Mustern, die meisten waren an den Rändern ausgefranst und fühlten sich an wie Schmirgelpapier auf der Haut.

Waren es diese Dinge, die Mama so an Fredrik begeisterten? Flauschige Handtücher und ausreichend heißes Wasser und ein Landsitz, der fast schon ein Schloss war? Annika war beinahe sicher. Das wäre in dem Fall der Beweis dafür, wie falsch Mama geworden war. Das, was sie echte Liebe nannte, war doch im Grunde genommen nichts als Lüge und Gier.

Annika rubbelte sich ganz trocken und mopste sich ein bisschen was von Mamas Bodylotion. Dann ging sie in ihr Zimmer, knipste das Licht aus und kroch unter ihre Decke. Was Erle und Terese wohl gerade machten? Schämten sie sich? Tat ihnen leid, was sie getan hatten? Das sollte es, absolut! Aber Annika konnte sich nur schwer vorstellen, dass solche Mädchen überhaupt jemals ein schlechtes Gewissen bekamen.

Da fiel ihr der nackte Junge wieder ein. Was er jetzt wohl machte? Zumindest angezogen war er ja wohl hoffentlich wieder.

Annika spürte ein merkwürdiges Ziehen im Bauch, als sie an ihn dachte. Sie drehte sich mit einem Seufzer zur Wand und stieß gegen eine harte Kante, die unter dem Kissen hervorragte. Das Tagebuch. Annika hatte es dort versteckt, als sie vom Strand zurückgekommen waren. Es war ihr fast ein bisschen peinlich, was für einen Quatsch sie da reingeschrieben hatte. Sie zog das Tagebuch unter dem Kissen hervor und warf es unter das Bett.

Annika schloss die Augen, aber die Gedanken schwirrten in ihrem Kopf herum und hinderten sie am Einschlafen. Hätte sie bloß nicht geheult! Sie gönnte Erle und Terese den Triumph nicht, dass sie sie in Tränen aufgelöst gesehen hatten. Annika merkte, wie der Kloß in ihrem Hals wieder größer wurde, und musste mehrmals schlucken, um ihn zu verdrängen.

Das würde sie ihnen heimzahlen. Aber richtig! Morgen wollte Annika Mama alles erzählen, restlos alles, und sie bräuchte noch nicht einmal zu lügen oder zu übertreiben, weil das, was passiert war, schon so schlimm genug war.

Mama würde ausrasten. Es tat gut, sich vorzustellen, wie wütend Mama werden würde! Sie würde darauf bestehen, dass Erle bestraft würde. Mit Hausarrest vielleicht? Annika musste grinsen, als sie sich Erle vorstellte, eingeschlossen im Gästezimmer, in dem Farbgestank, heulend und Annika anflehend, sie rauszulassen.

Vielleicht würde Mama ja auch vorschlagen, dass sie nach Hause fuhren? Oder mit Fredrik Schluss machen? Sie konnte ja wohl schlecht mit einem Mann zusammen sein, dessen Tochter so gemein und bösartig war? Annika atmete tief in den Bauch ein und merkte, wie der Kloß sich allmählich auflöste. Bestimmt wäre Mama ganz geknickt und würde sich für all den Ärger entschuldigen, den sie Annika zugemutet hatte. Und Annika nahm sich vor, großzügig zu sein und ihre Entschuldigung anzunehmen. Dass Annika ihr verzieh, würde Mama wahrscheinlich noch mehr rühren. Und dann würden sie ihre Koffer packen und gehen, nur sie zwei, und sich was anderes suchen. Vielleicht reichte das Geld ja noch für einen Flug in den Süden? Ansonsten würden sie eben mit dem Fiat und dem Wohnwagen wegfahren. Es spielt keine Rolle, wohin wir fahren, dachte Annika. Hauptsache, weg von hier. Morgen. Annika lächelte und merkte, wie der Schlaf kam. Morgen würde alles gut werden!

10

Im ersten Augenblick wusste Annika nicht, wo sie war.

Sie setzte sich im Bett auf und sah sich verwirrt um.

Als sie ihren Koffer auf dem Boden und Erles leeres, ungemachtes Bett sah, fiel es ihr wieder ein.

Und als Nächstes fiel ihr ein, was am Vorabend passiert war.

Annika warf die Decke zur Seite und stellte die Füße auf den kalten Boden. Regentropfen trommelten energisch gegen das Fenster, aber Annika dachte, dass das ein perfekter Tag werden würde. Kein Gezeter, dass sie in die Sonne raus sollte. Nie wieder Gezeter. Weil sie nämlich Mama heute alles erzählen würde! Heute würden sie ihre Sachen packen und von hier verschwinden!

Fredrik stand mit seinem albernen Schlips um den Hals und seiner Zahnbürste in der Hand vor der verschlossenen Badezimmertür.

»Mach auf!«, rief er und schlug mit der Faust dagegen. »Ich muss meine Zähne putzen! Deinetwegen komme ich noch zu spät ins Büro!«

Er klang gereizt und hatte rote Flecken am Hals. Annika dachte, dass jetzt offenbar an den Tag kam, wie er *wirklich* war. Wie sonst ließe sich Erles Bösartigkeit erklären, wenn es nicht in den Genen verankert war?

»Erle!«, rief Fredrik. »Ich zähle jetzt bis drei und dann machst du die Tür auf! Wenn nicht, dann … dann …«

Ihm fiel nichts ein, also schlug er noch mal kräftig mit der Faust gegen die Tür. Es sah ziemlich schmerzhaft aus. Aus dem Bad war immer noch kein Ton zu hören.

Mama kam aus der Küche. Sie hatte Perlenohrringe angesteckt und trug einen karierten Rock. Annika machte einen Schritt auf sie zu, aber Mama nahm sie gar nicht wahr.

»Soll ich es mal versuchen?«, fragte Mama vorsichtig.

»Wieso sollte sie auf dich hören?«, entgegnete Fredrik und seufzte, als er auf seine Armbanduhr schaute. »In einer Stunde fängt die Vorstandssitzung an, ich muss los!«

»Mama?«, sagte Annika.

Aber ihre Mutter hörte sie nicht. Sie ging an Fredrik vorbei und stellte sich dicht vor die Tür.

»Erle?«, sagte sie mit sanfter Stimme. »Möchtest du mit mir reden?«

Ein paar Sekunden war es still und dann, völlig überraschend, drehte sich der Schlüssel im Schloss um. Mama und Fredrik sahen sich erstaunt an.

»Nur Brita!«, hörten sie Erles Stimme aus dem Bad.

Sie klang anders als sonst, fast so, als hätte sie geweint. Fredrik seufzte und wollte protestieren, aber Mama sah ihn streng an, ehe sie sich durch den schmalen Türspalt schob. Gleich darauf wurde wieder von innen abgeschlossen.

Fredrik seufzte resigniert und fuhr sich mit einer Hand durchs Haar.

»Das kann doch nicht so schwierig sein, sich die Zähne zu putzen«, brummelte er genervt.

»Putz sie halt über der Spüle«, schlug Annika vor.

Fredrik fuhr erschrocken herum und bemerkte erst jetzt Annika, die im Nachthemd in der Tür zu ihrem Zimmer stand.

»Was hast du gesagt?«, fragte er mit einem gehetzten Blick auf die Uhr.

»Die Küche«, sagte Annika. »Putz deine Zähne doch in der Küche.«

Fredrik sah Annika an, als hätte sie etwas Unanständiges gesagt.

»Annika«, sagte er streng. »Das ist unhygienisch!«

Annika dachte daran, wie oft Mama und sie sich in der Küche die Zähne geputzt hatten. Einmal, als das Klo verstopft war, hatten sie sogar ins Spülbecken gepinkelt. Hinterher hatte Mama das Becken mit Salmiak geschrubbt. Und dabei hatte sie erzählt, dass Oma und Opa früher nur ein Plumpsklo hatten, und da hatten sie öfter heimlich ins Abwaschbecken gepinkelt.

»Außerdem ist die Zahnpasta da drin!«

Fredrik zeigte mit ausgestrecktem Zeigefinger auf die Badezimmertür. In dem Augenblick wurde der Schlüssel umgedreht. Mama steckte den Kopf heraus.

»Du musst so losfahren«, sagte sie mit gedämpfter Stimme zu Fredrik. »Wir haben hier drinnen … ein kleines Gespräch unter Frauen.«

Fredrik machte den Mund auf, aber es kam nichts heraus. Außer Mundgeruch, vielleicht.

»Mama!«, sagte Annika.

Mama schob den Kopf ein wenig weiter aus der Tür und entdeckte Annika.

»Ich muss dir was sagen!«, sagte Annika. »Ganz dringend!«

Mama lächelte, aber das war so ein flüchtiges Lächeln, wie um den anderen möglichst schnell abzuwimmeln, damit sie sich wieder dem eigentlichen Problem zuwenden konnte.

»Später«, meinte Mama und wollte sich wieder ins Bad zurückziehen.

»Aber, Mama!«, sagte Annika.

»Du musst lernen, dich zu gedulden«, sagte Mama streng und schloss die Tür.

Fredrik hastete zu seinem Auto, die dicke Aktentasche hielt er als Regenschutz über den Kopf.

Was für ein Weichei, so ein eitler Fatzke!, dachte Annika.

Hat wohl Angst, dass ein paar Regentropfen seine Frisur kaputt machen und die Haare noch dünner wirken.

Sie blieb am Fenster stehen, bis das schwarze Auto hinter einer Kurve verschwand. Dann drehte sie sich um und guckte zur Badezimmertür. Worüber die beiden da drinnen wohl redeten? Hatte Erle ein schlechtes Gewissen bekommen und beschlossen, Mama alles zu beichten? Das konnte Annika sich eigentlich nicht vorstellen. Außerdem hatte Mama gesagt: *Gespräch unter Frauen*. Als wären die beiden plötzlich beste Freundinnen. So was Idiotisches! Und wie fies von Mama, ein anderes Kind ihrem eigenen vorzuziehen.

Annika ging zurück ins Zimmer. Sie wollte sich anziehen und rausgehen. Das Regenwetter war ihr gerade recht. Sie hatte keine Angst vor ein paar Wassertropfen, weder im Haar oder Gesicht noch an den Klamotten. Sie war kein Weichei!

Annika nahm eine Jeans aus ihrem Koffer und eine blaue Kapuzenjacke. Gummistiefel hatte sie keine, aber es machte ihr nichts aus, wenn ihre Füße nass wurden. Als sie in die Hocke ging, um sich die Joggingschuhe zuzubinden, entdeckte sie es: Erles Tagebuch. Das gelbe mit den rosa Herzen. Eine Ecke davon ragte unter Erles Kopfkissen hervor, daneben lag ein Kugelschreiber. Hatte Erle etwa doch angefangen, Tagebuch zu schreiben?

Annikas Herz klopfte aufgeregt. Sollte sie einen Blick wagen? Sie horchte. Es war alles still. Erle und Mama schienen noch immer im Bad zu sein, und wenn sie rauskämen, würde sie schon die Tür oder Schritte oder Stimmen hören und Zeit genug haben, das Tagebuch an seinen Platz zurückzulegen und sich auf ihr Bett zu setzen, als ob nichts gewesen wäre.

Aber es gehörte sich nicht, in fremden Tagebüchern zu lesen! Wenn etwas verboten war, dann, in den Privatsachen anderer Menschen zu schnüffeln. Das hatte Mama ihr beigebracht. Fremde Briefe und fremde Tagebücher – strengstens verboten!

Aber galt das auch, wenn die Tagebuchschreiberin ein gemeiner Mensch war, der fiese Dinge getan hatte? War es da nicht geradezu angeraten?

Annika stand hastig auf und machte einen Schritt auf Erles Bett zu. Sie schnappte sich das Buch und schlug es auf. Nur die ersten beiden Seiten waren beschrieben. *Liebes Tagebuch!* Erle hatte eine ordentliche, ganz gleichmäßige Schrift.

Marius ist in mich verliebt. Ich könnte schwören. Heute Abend ist er in Tereses Zimmer gekommen. Wir haben uns superlange unterhalten und er hat über alles gelacht, was ich gesagt habe, und dabei hat er mich fast die ganze Zeit angesehen. Als Terese auf dem Klo war, habe ich ihn gefragt, ob er am Samstag zu meinem Geburtstag kommen will. Er ist ein bisschen rot geworden und hat genickt. Und dann hat er gefragt, was ich mir wünsche, und da habe ich gesagt, dass er sich selbst was ausdenken soll. Was ganz Besonderes, hab ich gesagt. Da ist er noch roter geworden. Er hat unglaublich blaue Augen und Terese sagt, dass er im Herbst vielleicht Bezirksmeister über 100 Meter wird.

Annika schnaufte. Hilfe, Erle war ja eingebildet, dass es krachte! Vielleicht wurde dieser Marius nur leicht rot, das musste noch lange nicht heißen, dass Erle der Grund dafür war.

Plötzlich ging Annika auf, dass Erle das heute Nacht geschrieben haben musste oder spätabends, nachdem sie nach Hause gekommen war. Dass Terese und sie Annika unter die Dusche gezerrt hatten, erwähnte sie mit keinem Wort. Wenn das kein Beweis war, was für ein gemeines Miststück Erle war! Annika lauschte, aber draußen war es immer noch still. Sie blätterte um und las die paar Zeilen, die auf der nächsten Seite standen:

Ich habe in Annikas Tagebuch gelesen, dass sie in Marius verknallt ist. Sie hat sich eine total unglaubwürdige Geschichte über sich und ihn zusammengedichtet. Ha, ha, ich lach mich tot! Als ob die Weißwurst Annika bei Marius Chancen hätte! Ha, ha, ha!

Annika fiel das Tagebuch aus der Hand. Genau auf ihren Zeh. Aber sie merkte es gar nicht, obwohl es bestimmt sehr wehtun musste.

Erle hatte in ihrem Tagebuch gelesen! Sie konnte es nicht fassen! Ein unerträglicher Gedanke! Annika stand auf.

»Das ist nicht erlaubt!«, sagte sie laut. »So was tut man nicht!«

Aber was konnte Annika schon dagegen tun? Sicher, sie konnte petzen, zu Mama oder Fredrik gehen und alles erzählen. Aber was brachte das? Zu petzen, dass Erle in ihrem Tagebuch gelesen hatte, ging nicht. Denn wenn sie das tat, musste sie die ganze Wahrheit sagen. Dass sie nämlich kein Stück besser war!

11

Der Regen lief ihr übers Gesicht.

Bei dem Wetter würde es gar nicht auffallen, wenn ich weine, dachte Annika. Aber es war auch niemand da, dem es hätte auffallen können. Ganz davon abgesehen weinte sie überhaupt nicht. Sie zitterte vor Wut und hatte das Gefühl, jeden Augenblick zu explodieren.

»Scheiße!«, schrie Annika gegen die Wellen an, die ans Ufer klatschten. »Mist, Scheiße, Pisse, Kacke!«

Der Wind war so laut, dass sie ihre eigene Stimme kaum hören konnte. Dort, wo am Vortag so viele Menschen gebadet und Sandschlösser gebaut und sich gesonnt hatten, lag jetzt der Strand verlassen und mit nassem, schwerem Sand.

Annika fand ein paar flache Steine am Ufersaum und warf sie aus dem Handgelenk, aber das Wasser war nicht so glatt wie gestern, die Oberfläche kräuselte sich von lauter kleinen Wellen und die Steine wollten nicht hüpfen, sie versanken einfach zwischen den Wellenkämmen.

Annika fand eine verwaiste Plastikschaufel und einen Colaverschluss mit der Aufschrift »*You and me?*«. Sie schnaufte verächtlich.

»No way!«, sagte sie laut.

Vielleicht begriff Annika in diesem Moment, wie allein sie war. Dass es für sie kein *you and me* gab, weil niemand auf ihrer Seite stand? Wenn sie die nächsten Wochen überstehen wollte, musste sie sich ganz auf sich verlassen.

Annika schaute über das Wasser zu dem grauen Horizont und spürte, wie ihr ein warmer Schauer über den Rücken rieselte. Sie musste einen Plan machen! Das war genau das, was sie jetzt brauchte. Einen durchdachten, cleveren Plan, den nur sie kannte.

Annika musste lächeln, während ihr der Regen ins Gesicht schlug. Erle wollte es offensichtlich nicht anders. Sollte sie doch heimlich in Annikas Tagebuch lesen, so viel sie wollte – ab jetzt würde Annika die Fäden in der Hand halten. Sie musste clever sein, cleverer als alle anderen. Petzen war was für kleine Kinder.

»Rache!«, sagte Annika laut.

Aber wo sollte sie anfangen? Wen sollte sie sich als Erstes vornehmen?

Annika beschloss, mit ihrer Mutter anzufangen. Immerhin war sie schuld daran, dass sie sich mit diesen ätzenden Leuten an diesem ätzenden Ort befanden. Ganz davon abgesehen hatte sie einen Denkzettel verdient, weil sie sich in eine falsche Pseudomutter verwandelt hatte, die keine Augen mehr für ihr eigenes Kind hatte.

Annika lief zu der Baumgruppe am Ende des Strandes und nahm ihr Tagebuch aus dem Rucksack. Sie hatte es eingesteckt, um zu verhindern, dass Erle noch einmal darin las, was eigentlich unnötig war, da sie bereits gelesen hatte, was dort stand. Dann soll sie doch ruhig weitermachen!, dachte Annika und grinste gerissen.

In der vorderen Tasche des Rucksacks fand sie einen Kugelschreiber. Sie ging in die Hocke und lehnte sich mit dem Rücken gegen einen Stamm.

Liebes Tagebuch!, schrieb sie. *Ich bin schrecklich neidisch auf Erle. Wäre ich doch bloß so hübsch und cool wie sie! Ich würde alles dafür geben, so wie sie zu sein. Alles!*

Annika kicherte. Wenn Erle so nette Dinge über sich las, würde sie bestimmt auch den Rest lesen wollen. Die meisten Menschen fühlten sich geschmeichelt, wenn sie etwas Gutes über sich hörten!

Erle ist nicht besonders nett zu Mama, was ich gut verstehen kann. Schließlich ist Mama nur auf Fredriks Geld scharf. Das wissen alle – außer Fredrik wahrscheinlich. Ich glaube nicht, dass Mama Fredrik wirklich mag. Sie hat mir gegenüber schon ein paarmal erwähnt, dass er langweilig ist und ganz schön wenig Haare hat, dafür aber einen umso dickeren Bauch, und dass er zu viel arbeitet und so weiter. Aber sie liebt den schönen Landsitz und Fredriks schickes Auto. Arme Erle. Sie wird eine ziemlich gemeine und falsche Stiefmutter bekommen.

Die Schrift begann krakelig zu werden, weil Annika nicht sehr bequem saß. Aber Erle würde es bestimmt entziffern, da war sich Annika ganz sicher. Genauso sicher wie darin, dass Erle sich nie wieder mit Mama im Bad einschließen würde, nachdem sie das hier gelesen hatte.

Annika steckte das Tagebuch zurück in den Rucksack und lächelte zufrieden. Der Plan kam ins Rollen! Die Rache war auf dem Weg! Sie trat aus ihrem Versteck zwischen den Bäumen und der Regen schlug ihr gnadenlos ins Gesicht, noch heftiger als vorher. Aber das störte sie nicht. Sie fühlte sich schon viel besser.

Sie bemerkte den Jogger erst, als es fast zu spät war. Annika war still vor sich hin grinsend gelaufen und hob den Kopf erst, als sie ein Schnaufen hörte.

Er trug die gleichen Joggingklamotten wie bei ihrer letzten Begegnung. Das Haar klebte nass an seiner Stirn und auch ihm schien es nichts auszumachen, dass ihm der Regen übers Gesicht lief.

Annika handelte, ohne zu überlegen. Sie warf einen kurzen Blick zur Seite, sah das dichte Gestrüpp und sprang mit einem Riesensatz hinein. Sie landete halb auf der Seite, ein

Schmerz schoss durch ihr Knie, aber Annika war schließlich kein Weichei. Der Schmerz würde vergehen. Und alles war besser, als Tereses Bruder Auge in Auge gegenüberzustehen!

Sie muckste sich nicht und wartete, dass er vorbeilief, aber stattdessen blieb er nur wenige Meter von Annikas Versteck entfernt plötzlich stehen. Was hatte er jetzt vor? Hatte er sie etwa entdeckt? Annika kniff die Augen zusammen und dachte an den Abend, an dem sie ihn nackt gesehen hatte. Schrecklich!

Als sie die Augen wieder aufschlug, stand Marius vornübergebeugt da und stützte sich mit den Händen auf den Oberschenkeln ab. Er schnappte nach Luft. Vielleicht stimmte das mit dem Bezirksmeister über 100 Meter ja tatsächlich? Er guckte auf die Uhr, wahrscheinlich hatte er die Zeit gestoppt. Und dann legte er sich der Länge nach in den Sand, unmittelbar vor dem Gestrüpp, in dem Annika kauerte!

Was um alles in der Welt tat er auf dem Bauch im Sand?, dachte Annika. Und warum ausgerechnet hier?

Marius stemmte den Oberkörper hoch und begann, sich auf- und abzubewegen. Liegestützen. Das hatte Annika auch schon mal im Sportunterricht probiert. Ganz schön anstrengend! Aber Marius sah nicht so aus, als ob es ihn anstrengte. Er stemmte sich immer wieder hoch, mindestens zwanzigmal nacheinander.

Und als er endlich aufstand und sich den Sand von der

Hose klopfte, kurz bevor er sich umdrehte und weiterjoggte, fiel Annikas Blick auf etwas Dunkles auf seinem Handrücken. Ein großes Filzstift-E mit einem Herz drumrum.

Schon wieder was für mein Tagebuch, dachte Annika.

Aber zuerst einmal wollte sie sich ihre Mutter vornehmen.

12

Fredriks Wagen parkte vor dem Haus.

Annika ging zur Haustür, aber beim Reingehen nahm sie eine Bewegung hinter dem Lenkrad wahr. Fredrik saß auf dem Fahrersitz, im parkenden Auto bei abgeschaltetem Motor. Annika stutzte. Was tat er da? Telefonierte er vielleicht auf dem Handy? Aber nein, Fredrik starrte durch die Rinnsale, die über die Windschutzscheibe liefen. Er zuckte zusammen, als Annika gegen das Seitenfenster klopfte. Einen Moment lang sah er sie verwirrt an, dann atmete er ein und presste die Lippen zu einem Lächeln zusammen.

»Hallo«, sagte er, als er die Tür öffnete. »Du hier?«

Annika musterte ihn misstrauisch. War er nicht ganz dicht? War er etwa noch bekloppter, als sie bisher gedacht hatte?

»Das war ja ein gewaltiger Schauer«, sagte Fredrik und stieg aus dem Wagen. Er drehte sich um und nahm einen Blumenstrauß vom Rücksitz.

»Das war kein Schauer«, sagte Annika. »Es regnet schon den ganzen Tag!«

»Oh«, meinte Fredrik. »Wirklich?«

Er lief eilig zur Tür, den Blumenstrauß in der einen, die schwarze Aktentasche in der anderen Hand. Annika folgte ihm und schüttelte verwundert den Kopf.

Im Flur schlug ihr fröhliches Gelächter entgegen. Mama und Erle hatten den Tisch gedeckt und zusammen Essen gemacht, und jetzt bogen sie sich vor Lachen wie beste Freundinnen, die sich schon ihr Leben lang kennen. Wunderte Mama sich gar nicht, wo sie den ganzen Tag gesteckt hatte?, dachte Annika.

»Was ist denn hier los?«, fragte Fredrik und zog sich die Jacke aus.

»Eine Maus!«, sagte Erle. »Wir hatten eine Maus im Haus, stimmt's, Brita?«

Annikas Mutter nickte und hielt sich den Bauch, so musste sie lachen.

Annika schüttelte ihre Schuhe von den Füßen und sah, dass ihre nassen Socken Flecken auf dem Boden hinterließen. Aber keiner merkte was. Keiner bemerkte sie.

»Wir haben vielleicht einen Schrecken gekriegt!«, sagte Mutter, immer noch lachend. »Wir sind jede auf einen Stuhl gesprungen und haben geschrien wie verrückt.«

»Die war monstergroß!«, sagte Erle.

»So groß war sie eigentlich gar nicht«, meinte Mama. »Aber ekelig.«

»Superekelig!«, bestätigte Erle. »Wir hatten total Schiss!«

Mama nickte eifrig. Ein weiterer Beweis, wie falsch sie geworden war. Seit wann hatte ihre Mutter Angst vor Mäusen?! Als sie einmal im Wohnwagen ein Nest mit drei frisch geborenen Mäusen gefunden hatten, hatte Mama es vorsichtig in den Wald getragen. Da hatte sie nicht die Bohne ängstlich gewirkt.

»Wir haben Einladungen geschrieben!«, sagte Erle. »Für meinen Geburtstag.«

Sie sah Annika an und lächelte. Als ob nichts gewesen wäre! Hatte Erle wirklich so ein schlechtes Gedächtnis? Hatte sie vergessen, was am Vorabend passiert war?

»Ach ja, die Einladungen«, murmelte Fredrik. »Wie schön.«

Er wirkte völlig abwesend, als er am Tisch Platz nahm, er starrte durch sie alle hindurch, als wüsste er nicht, wohin mit all den Gedanken in seinem Kopf.

Mutter stellte einen Topf auf den Tisch und Erle setzte sich auf den Platz neben Mama. Ich könnte kotzen, dachte Annika. Seit wann waren die beiden so unzertrennlich?

»Und wie war euer Tag?«, fragte Mama und lächelte Fredrik und Annika an.

Annika guckte woandershin und Fredrik sagte auch nichts. Er leerte das Glas Wasser in einem Zug und schenkte sich nach. Mama sah ihn an.

»Ist die Vorstandssitzung gut gelaufen?« Sie lächelte.

»Hast du eine Gehaltserhöhung bekommen?«, fragte Erle.

»Na, das wär doch was!« Mama lachte.

Sie zwinkerte Annika zu, aber Annika starrte an ihr vorbei. Erle lachte auch. Laut und perlend.

»Dürfen wir uns was wünschen?«, fragte sie. »Kaufst du uns was Schönes?«

»Diamanten?«, schlug Mama vor.

»Einen Swimmingpool?«, sagte Erle.

Sie hörten gar nicht mehr auf zu lachen. Annika verstand nicht, was so lustig war. Fredrik anscheinend auch nicht, er war ganz ernst, fast wütend.

»Hört auf mit dem Blödsinn«, sagte er knapp.

Mutter und Erle sahen sich erstaunt an und versuchten ein Kichern zu unterdrücken.

»Ich muss heute Abend noch ein bisschen arbeiten«, sagte Fredrik kurz und tat sich etwas auf den Teller.

»Schon gut«, sagte Mama. »Wir kriegen den Geburtstag auch vorbereitet, wenn du arbeiten musst.«

Sie lächelte Erle an, die zurücklächelte und energisch nickte.

»Übrigens«, sagte sie mit einem strengen Blick auf Annika. »Ich habe eine Tüte mit nassen Sachen im Abfall gefunden. Das ist wohl kaum der richtige Aufbewahrungsort für Schmutzwäsche, oder?«

Annikas Magen zog sich zu einer Eiskugel zusammen. Sie sagte nichts. Aber als sie den Kopf hob, begegnete sie Erles Blick.

»Im Bad steht ein Wäschekorb!«, meinte Erle.

»Da hörst du es«, sagte Mama und sah Annika an. »Das merkst du dir fürs nächste Mal, okay?«

Später, als Annika alleine im Wohnzimmer saß und einen Comic las, kam Mama zu ihr. Bestimmt hat sie ein schlechtes Gewissen, dachte Annika, weil sie sich so aufgeführt hat.

»Hier sitzt du, mein Schatz?«, sagte Mama, strich ihr übers Haar und setzte sich viel zu dicht neben sie.

Annika nickte, ohne von ihrem Heft hochzugucken, und Mama streichelte ihr weiter übers Haar. Normalerweise fand Annika das schön, aber jetzt nervte es sie.

»Wolltest du mir nicht was erzählen?«, fragte Mama.

Annika sah Mama fragend an.

»Heute Morgen«, sagte Mama. »Du meintest, es wäre dringend.«

Annika tat, als würde sie nachdenken. Dann zuckte sie mit den Schultern und guckte wieder in ihren Comic.

»Es fällt mir nicht mehr ein«, sagte sie. »War wohl nicht so wichtig.« Sie wollte Erle nicht mehr verpetzen. Sie würde es viel cleverer anstellen.

Mutter rückte noch näher an sie heran.

»Erle hat jemanden zum Reden gebraucht«, flüsterte sie. »Sie hat nämlich ihre Tage bekommen.«

Annika sagte nichts. Deshalb hatte sie sich also mit Mama im Bad verbarrikadiert. Um mit einer erwachsenen Frau zu sprechen. Warum ging Erle damit nicht zu ihrer eigenen Mutter?

»Du kommst auch bald in das Alter«, sagte Mama und strich Annika über den Arm.

Annika rückte weg. Sie hatte keine Lust, mit Mama über *dieses Alter* und andere peinliche Dinge zu reden.

Mutter schaute ihre Hände an, die auf ihrem Schoß lagen, und drehte sie unbeholfen hin und her. Dann holte sie Luft und sah Annika an.

»Ich hoffe, du sagst es mir, wenn es dir nicht gut geht?«

Annika hob den Blick und zog die Mundwinkel zu einem breiten, falschen Lächeln nach oben.

»Mir geht's prima!«, sagte sie.

Mama lächelte überrascht.

»Wirklich?«

Annika nickte eifrig.

»Das freut mich«, sagte Mama.

Annika nickte wieder. Mutter hauchte ihr einen Kuss auf die Stirn, bevor sie aufstand und wieder in die Küche ging. War sie tatsächlich so leicht zu täuschen?, dachte Annika. Oder lüge ich so perfekt?

»Fredrik!«, rief Mama. »Im Flur liegt ein eingepackter Blumenstrauß auf dem Boden?!«

»Wie bitte?«, sagte Fredrik.

Er hatte sich mit einem Laptop und Aktenstapeln auf dem Küchentisch ausgebreitet.

»Blumen!«, rief Mama.

»Ach ja«, sagte Fredrik. »Gefallen sie dir?«

Mutter lachte. Annika sah über den Rand des Comics und beobachtete, wie Mama das Papier abriss und einen Strauß rote Rosen zutage förderte.

»Wie reizend!«, rief sie.

Reizend? Was war denn das für ein Ausdruck! Mama sagte nie, dass etwas reizend war. *Nett* tat es doch wohl auch. Oder *schön*?

»Wunderbar!«, sagte Mutter. »Genau wie du!«

Sie lehnte sich über den Küchentisch und küsste Fredrik auf die Wange. Fredrik schaute verdutzt hoch und nickte. Dann beugte er sich wieder über die Unterlagen und legte die Stirn in Falten. Merkt Mama denn gar nicht, wie merkwürdig er sich benimmt?, dachte Annika. Aber Mutter summte eine Melodie vor sich hin und nahm eine Vase aus dem Schrank, um die Rosen ins Wasser zu stellen. Sie strich mit dem Finger über das Glas und lächelte.

»Kristall«, sagte sie, mehr zu sich selbst.

Nachdem Annika das Nachthemd angezogen hatte, legte sie das Tagebuch gut sichtbar aufs Bett.

Das dürfte Erle ja wohl verlocken, darin zu lesen? Hoffentlich! Sobald Erle das Zimmer betrat, ging Annika ins Bad, um sich die Zähne zu putzen und das Gesicht zu waschen. Sie ließ sich doppelt so viel Zeit wie sonst. Auf alle Fälle lang genug, damit Erle lesen konnte, was sie über ihre Mutter geschrieben hatte.

Annika hustete ein paarmal, bevor sie die Schlafzimmertür aufmachte, um Erle Gelegenheit zu geben, das Tagebuch zurückzulegen. Erle lag ausgestreckt auf ihrem Bett und starrte an die Decke. Und es sah so aus, als ob sie schon eine Weile so gelegen hätte. Was hatte das zu bedeuten? Hatte sie nun in Annikas Tagebuch gelesen oder nicht?

Das Buch lag an derselben Stelle auf dem Bett, wo Annika es hingelegt hatte. Mit der Rückseite nach oben. Aber hatte es nicht anders herum gelegen, als sie rausgegangen war? Sie war sich nicht sicher. Konnte es sein, dass Erle sich nicht mehr für das interessierte, was Annika schrieb?

Annika beobachtete Erle, als sie unter die Decke kroch. Am liebsten hätte sie sie direkt gefragt, aber das konnte sie natürlich nicht machen.

»Nacht«, sagte Annika und knipste die Lampe auf ihrem Nachtschränkchen aus.

»Nacht«, antwortete Erle.

Sie löschte ebenfalls das Licht auf ihrem Nachttisch und drehte sich zur Wand. Es war ganz still. Und wenn der Plan nicht aufging?, dachte Annika. Was sollte sie dann machen?

»Gute Nacht, ihr beiden!«, rief Mama vom Flur.

»Gute Nacht!«, antwortete Annika.

Erle sagte nichts.

Das konnte zweierlei bedeuten. Entweder dass sie schon eingeschlafen war. Oder dass sie gelesen hatte, was Annika über ihre Mutter geschrieben hatte, und dass der Plan damit ins Rollen kam.

13

Annika wurde von der Sonne geweckt, die ihr in die Augen stach.

Für dieses Mal schien es mit dem Regen vorbei zu sein. Sie stand auf und trat ans Fenster. Der Himmel war strahlend blau, ohne eine einzige Wolke.

Annika seufzte. Im gleichen Augenblick entdeckte sie Erle. Sie stand neben dem Auto und redete aufgeregt auf ihren Vater ein. Sie hatte die Hände in die Seiten gestemmt und redete ohne Unterbrechung, ziemlich aufgebracht, wie es schien. Fredrik nickte, dann zuckte er mit den Schultern und guckte auf seine Armbanduhr.

»Hm«, murmelte Annika. »Das ist aber merkwürdig.«

Sie öffnete vorsichtig den Haken des Fensters und schob es einen Spaltbreit auf, damit sie hören konnte, was die beiden sprachen.

»Kapierst du denn nicht, was ich sage!«, rief Erle. »Sie ist nur auf dein Geld aus! Sie liebt dich überhaupt nicht!«

Annika wurde heiß und kalt. Also hatte Erle doch in ihrem

Tagebuch gelesen! Es lief alles nach Plan! War das wirklich so einfach?

»Jetzt übertreibst du aber«, sagte Fredrik.

»Nein!«, sagte Erle. »Ich *weiß* es!«

»Und woher willst du das wissen?«, fragte Fredrik.

Erle öffnete den Mund, um etwas zu sagen. Dann überlegte sie es sich anders und schwieg. Fredrik sah sie mit einem Siehst-du?-Lächeln an.

»Ich kann nicht sagen, woher ich das weiß«, meinte Erle. »Aber es ist die Wahrheit!«

»Ja, ja«, sagte Fredrik und setzte sich hinters Steuer.

»Denkst du, ich lüge?«, rief Erle.

»Aber nein«, antwortete Fredrik. »Ich muss jetzt los.«

Er startete den Motor und Erle musste zur Seite springen, als er kurz zurücksetzte und Gas gab.

Mutter hatte Frühstückseier gekocht und den Tisch mit Servietten und Kerzen gedeckt.

»Guten Morgen«, sagte sie fröhlich, als sie Annika sah. »Hast du Erle gesehen? Ich dachte, wir Mädels könnten doch gemütlich zusammen frühstücken.«

Bevor Annika antworten konnte, ging die Haustür. Erle kam herein. Sie guckte immer noch grimmig. Mutter merkte es nicht. Sie nahm Saft und Milch aus dem Kühlschrank und zündete die Kerzen an.

»Hallo, Erle«, sagte sie. »Hast du Hunger?«

»Nein!«, sagte Erle.

Mama hob den Kopf und sah sie überrascht an.

»Nein?«, sagte sie langsam. »Aber eine Tasse Tee oder ein Glas Saft trinkst du doch mit uns?«

Erle machte sich nicht die Mühe zu antworten. Sie nahm ihre Tasche von dem Haken im Flur und hängte sie über die Schulter.

»Ich geh raus«, sagte sie knapp.

Sie öffnete die Tür und weg war sie.

Mama stand mitten in der Küche und sah ihr verdutzt hinterher.

»Du weißt doch«, meinte Annika. »Das ist *das Alter* …«

Sie lächelte ihre Mutter an und setzte sich an den Frühstückstisch.

»Ja«, sagte Mama zögernd. »Scheint so.«

Sie frühstückten zusammen, nur Annika und ihre Mutter, wie in früheren Zeiten.

Aber im Moment war nichts wie früher. Mama war schweigsam und nachdenklich, und Annika konnte das unangenehme Gefühl nicht abschütteln, das irgendwo im Verborgenen lauerte. Ihr Plan schien doch wunderbar zu funktionieren, vielleicht fast ein bisschen zu gut?

Nach dem Essen räumten sie zusammen den Tisch ab.

»Gehen wir an den Strand?«, fragte Annika.

»Ich denke, ich bleibe hier und organisiere ein wenig«, antwortete Mama.

»Was denn organisieren?«

»Am Samstag ist hier doch volles Haus.«

Samstag. Erles Geburtstag. Annika lief es kalt den Rücken runter. Terese würde auf alle Fälle kommen. Ihr Bruder womöglich auch!

»Hast du hier schon irgendwo Frischhaltebeutel gesehen?«, fragte Mama und sammelte die vier Brötchen ein, die vom Frühstück übrig geblieben waren.

Annika schüttelte den Kopf. Mutter zog eine Schublade auf und schaute hinein, schob sie wieder zu und zog die nächste auf. Bei der dritten Schublade hielt sie inne. Sie lächelte und nahm eine Fotografie heraus.

»Guck mal!«, sagte sie.

Annika stellte sich neben ihre Mutter.

Das war ein Foto von Erle im Alter von neun oder zehn vielleicht, auf Fredriks Schultern.

»Ist das süß!«, sagte Mama lächelnd.

»Damals hatte er jedenfalls noch mehr Haare«, meinte Annika.

»Frechdachs!«, sagte Mama.

Aber sie lächelte, als sie das sagte. Mutter wollte das Foto zurück in die Schublade legen, dann stutzte sie.

»Was ist?«, fragte Annika.

»Nichts«, sagte Mutter.

Sie wollte die Schublade zumachen, aber Annika war schneller. Sie schob die Hand in die Schublade und bekam ein zweites Foto zu fassen. Eins von Fredrik und Erles Mutter. Sie saßen aneinandergeschmiegt auf dem Steg, auf dem Mama und Fredrik am ersten Abend Wein getrunken hatten. Erles Mutter hielt auch ein Weinglas in der Hand und sie lehnte ihren Kopf an Fredriks Schulter. Das lange, blonde Haar ergoss sich über ihren Rücken, sie war extrem braun gebrannt und lächelte mit zahnpastaweißen Zähnen. Fredrik schaute auf sie herunter. Ganz schön verliebt, fand Annika.

Mutter nahm Annika das Foto aus der Hand und schob es zurück unter das andere Bild.

»Man schnüffelt nicht in den Privatsachen anderer Leute«, sagte sie.

»Wir schnüffeln doch gar nicht«, meinte Annika.

Mutter faltete eine Serviette auseinander und wickelte die Brötchen darin ein.

»Hast du nicht Gefrierbeutel gesucht?«, fragte Annika.

»Das tut's auch«, sagte Mama.

Annika holte ihren Comic und legte sich bäuchlings aufs Sofa, aber sie konnte sich nicht konzentrieren. Mutter stand vorm Kühlschrank und sortierte den Aufschnitt ein. Annika legte das Heft weg und starrte Mutters Rücken an.

»Warum haben sie sich eigentlich getrennt?«, fragte sie.

»Wer?«, fragte Mama.

»Fredrik und die Frau!«

Mama schraubte den Deckel auf das Marmeladenglas. Sie sah so klein aus vor dem großen Kühlschrank.

»Sie haben wohl irgendwann festgestellt, dass sie nicht so gut zusammenpassten, wie sie dachten, hat Fredrik gesagt.«

»Wie stellt man so was fest?«, fragte Annika. »Merkt man eines Tages plötzlich, dass man sich nicht mehr mag?«

Mutter antwortete nicht. Sie schnappte sich einen Lappen und wischte hektisch den Küchentisch ab, obwohl Annika das bereits erledigt hatte.

»Oder ist es eher so, dass nur einer von beiden die Nase voll hat, während der andere findet, dass es ihnen wunderbar geht?«

Mutter hielt inne und sah Annika an.

»Willst du Erle nicht was Schönes zum Geburtstag kaufen?«, fragte sie.

Annika hatte nicht vorgehabt, Mama traurig zu machen.

Nicht mit Absicht jedenfalls! Sie hatte doch nur ein paar einfache Fragen gestellt. Aber erst jetzt, auf dem Weg zum Hafen, wurde ihr klar, dass ihre Mutter nicht über die blonde Frau sprechen wollte.

Ihr lief wieder ein kalter Schauer über den Rücken. Was

für eine Lawine hatte sie da eigentlich losgetreten? Sollte sie vielleicht mit Erle reden? Sie war bestimmt mit Terese am Strand. Aber was sollte sie sagen? *Du musst nett zu meiner Mutter sein!* Das konnte man doch nicht einfach sagen.

Annika war schon klar, dass die einzige Möglichkeit, alles wieder in Ordnung zu bringen, darin bestand, die Wahrheit zu sagen. Aber das war völlig unmöglich! Dann müsste sie Erle nämlich auch gestehen, dass sie ebenfalls in ihrem Tagebuch gelesen hatte, und das würde alles noch viel schlimmer machen.

Vielleicht vergisst Erle das Ganze ja wieder, dachte Annika. Vielleicht denkt sie ja nicht weiter darüber nach und ist wieder nett zu Mama. Am liebsten natürlich nicht so beste-Freundinnen-mäßig wie gestern. Aber ein bisschen netter könnte Erle ruhig zu ihr sein.

Mutter hatte Annika hundert Kronen für ein Geburtstagsgeschenk für Erle gegeben. Aber im Moment hatte Annika überhaupt keine Lust, Erle was Schönes zu kaufen. Statt ins Zentrum zu gehen, bog sie zum Kiosk ab und gab einen Teil des Hunderters für ein großes Eis aus.

Sie ließ sich auf der Treppe vor dem Kiosk nieder. Die Stufen waren ganz warm von der Sonne. Sie setzte sich so hin, dass sie im Schatten der Markise war. Was sollte sie jetzt tun? Am liebsten wäre sie zu Hause geblieben, mit einem Comic auf dem Sofa oder gar nichts tuend. Aber sie hatte das Gefühl, dass ihre Mutter im Moment vielleicht gern allein wäre.

Annika schaute auf, als sie ein paar Reifen quietschen hörte. Ein Stück entfernt hielt ein Fahrrad, und wer anders als Marius saß auf dem Sattel! Annika stand auf, aber es war zu spät, er hatte sie bereits gesehen. Marius legte das Schloss um das Hinterrad, wobei er Annika nicht aus den Augen ließ.

»Dich trifft man wohl auch überall, was?«, sagte er.

Er sah nicht aus, als wenn er sauer wäre, aber gut gelaunt wirkte er auch nicht. Annika fand seine Frage ganz schön dreist. Hatte sie nicht das gleiche Recht wie jeder andere, zum Kiosk zu gehen?

»Ich wollte gerade aufbrechen«, sagte Annika rasch.

Sie vermied es, ihn anzugucken, wollte die langen braunen Arme gar nicht sehen, die aus den kurzen T-Shirt-Ärmeln schauten, weil ihr dann womöglich wieder einfiel, dass sie ihn schon ganz ohne Kleider gesehen hatte, und daran wollte sie auf keinen Fall denken.

Annika schmiss das Eispapier in den Abfalleimer und setzte sich in Richtung Zentrum in Bewegung.

»Du, übrigens!«, rief Marius hinter ihr her.

Oder bildete Annika sich das nur ein? Sie war sich nicht sicher, aber sie drehte sich auch nicht um. Mit energischen Schritten lief sie den Weg entlang, und als sie die Kreuzung erreichte, bog sie nicht nach rechts in Richtung Zentrum und Strand ab, sondern nach links auf einen Forstweg, der in den Wald führte.

Der Weg war schmal. Es gab keine Häuser, weder links noch rechts vom Weg, nur hohe Bäume, die lange Schatten warfen. Es war angenehm, dort zu gehen. Kühl und ganz ruhig. Annika nahm sich vor, einen Spaziergang zu machen, so weit, bis sie nicht mehr konnte. Und wenn sie wieder nach Hause kam, war Mama bestimmt wieder besserer Laune.

Hinter der Kurve sah sie ein schwarzes Auto. Es stand am Wegrand, halb im Graben, und einen Augenblick dachte Annika, der Fahrer hätte einen Unfall gehabt. Als sie das Auto fast erreicht hatte, merkte sie, dass es ihr irgendwie bekannt vorkam. Ein großer, schwarzer Wagen mit Schiebedach. War das nicht …? Ehe sie den Gedanken zu Ende gedacht hatte, erkannte sie Fredrik. Sie hatte geglaubt, der Wagen wäre leer, als plötzlich die Tür aufging und Fredrik aus dem Auto stieg.

Annika huschte hinter den nächsten Baumstamm, aber Fredrik hätte sie vermutlich ohnehin nicht gesehen. Er stand mehrere Meter von ihr entfernt, mit dem Rücken zu ihr, und drückte sein Handy ans Ohr.

Was, bitte schön, hat er hier im Wald zu suchen?, dachte Annika. Wieso war er nicht bei der Arbeit?

Fredrik schüttelte den Kopf und begann, vor dem Auto auf und ab zu gehen.

»Das kannst du mir doch nicht antun!«, sagte er. »Nach allem, was war! Nach all den Jahren!«

Seine Stimme klang völlig fremd. Als ob er jeden Moment anfangen könnte zu weinen, dachte Annika.

»Gib mir noch eine Chance!«, rief Fredrik und fuchtelte mit der Hand durch die Luft. »Hörst du?«

Annika schluckte und sah, wie er den Kopf hängen ließ. Weinte er?

Sie schlich leise zurück auf den Weg und rannte die ganze Strecke bis nach Hause. Sie hatte keine Ahnung, was das zu bedeuten hatte. Aber sie begriff, dass sie gerade Zeugin von etwas geworden war, das ganz sicher nicht für ihre Augen und Ohren bestimmt war.

14

Das wurde ein merkwürdiges Abendessen. Jeder schien seinen eigenen Gedanken nachzuhängen und die anderen am Tisch gar nicht wahrzunehmen.

Als Fredrik nach Hause kam, hatte er die Aktentasche im Flur abgestellt und seufzend über den anstrengenden Tag im Büro geklagt. Annika fragte sich, ob er überhaupt bei der Arbeit gewesen war.

Was Mama den Tag über gemacht hatte, wusste Annika genauso wenig. Beim Frühstück hatte sie gesagt, sie wollte ein paar Dinge für das Fest organisieren, aber Annika konnte keine Veränderung erkennen. Hatte sie vielleicht Staub gesaugt? Oder die Fenster geputzt? Sie konnte sich nur schwer vorstellen, dass ihre Mutter freiwillig so etwas tat. Sie hasste Hausarbeit.

Jetzt saßen sie um den Küchentisch, als ob nichts wäre.

Annika beobachtete Fredrik unauffällig. Er aß und trank Wasser und sah so normal aus, dass Annika fast daran zu zweifeln begann, dass sie ihn im Wald gesehen hatte.

»Wann gehen wir einkaufen?«, fragte Erle und schaute ihren Vater an.

»Einkaufen?«, fragte Fredrik.

»Für meinen Geburtstag!«

»Ach«, sagte Fredrik. »Bis Samstag ist es doch noch eine Ewigkeit.«

»Zwei Tage!«, sagte Erle. »Nennst du das lange?«

»Alles ist relativ«, nuschelte Fredrik und pellte sich eine Kartoffel.

Erle verdrehte die Augen.

»Ich will grillen«, sagte sie. »Wir müssen ganz viel Fleisch kaufen und Kartoffelsalat und so was.«

Fredrik bekam eine Falte auf der Stirn.

»Viel Fleisch? Muss das sein?«, fragte er skeptisch.

Mama fing an zu lachen, aber nicht fröhlich, eher resigniert.

»Fredrik, bitte«, sagte sie.

»Schon gut«, murmelte Fredrik. »Natürlich kaufen wir Fleisch.«

»Und ganz viele Ballons«, sagte Erle. »Ich will alle Bäume mit Ballons schmücken.«

»Das wird sicher schön«, sagte Mama mit einem Lächeln in Erles Richtung.

Aber Erle ignorierte Mutter vollständig und zeigte mit der Gabel auf ihren Vater.

»Dann fahren wir also morgen zum Supermarkt?«, fragte sie.

»Morgen?«, sagte Fredrik mit abwesendem Blick.

»Wenn Fredrik arbeiten muss, kann ich ja mitkommen?«, schlug Mama vor.

Erles Mund verzog sich zu einem langen, unzufriedenen Strich.

»Wir brauchen das Auto«, sagte sie abweisend.

»Das geht nicht«, sagte Fredrik rasch. »Wie soll ich dann zur Arbeit kommen?«

Mutter holte Luft, bis tief in den Bauchraum. Annika sah sie an und bemerkte, wie erschöpft sie aussah. Mama war kurz davor, die Geduld zu verlieren, und Annika verstand sie. Sie legte sich krumm, um es allen recht zu machen, und was war der Dank? Aber das Schlimmste war, dachte Annika, dass sie selbst nicht ganz unschuldig daran war.

»Kannst du morgen nicht ausnahmsweise mal früher aus dem Büro kommen?«, schlug Mama vor. »Dann gehen wir nachmittags alle zusammen einkaufen?«

Sie blickte zu Fredrik, der sich Wasser nachschenkte, ohne sie anzusehen.

»Oder hast du morgen sehr viel zu tun?«, hakte sie nach.

Annika sah Fredrik an. Irgendwas stimmte hier nicht. Hier stimmte einiges nicht. Wieso benahm er sich so merkwürdig? Was versuchte er zu verbergen?

»Ich habe ein wichtiges Meeting«, sagte er langsam. »Aber ich versuche trotzdem, früher nach Hause zu kommen.«

Ein wichtiges Meeting. Was das wohl war? *Gib mir noch eine Chance!* Das hatte er im Wald gesagt. *Nach allem, was war!*

In dem Moment fiel es Annika wie Schuppen von den Augen. Natürlich! Erles Mutter! Das erklärte alles. Fredrik liebte sie immer noch!

Annika lief ein eiskalter Schauer über den Rücken. War Fredrik womöglich die ganze Woche nicht bei der Arbeit gewesen? Wahrscheinlich hatte er sich heimlich mit Erles Mutter getroffen, und die hatte gesagt, dass es so nicht weitergehen konnte, und jetzt war er verzweifelt.

»Danke fürs Essen«, sagte Erle und stand auf.

»Ich hoffe, es hat geschmeckt«, sagte Mama und lächelte sie an.

Aber Erle erwiderte das Lächeln nicht.

»Um ehrlich zu sein, Mamas Frikadellen schmecken besser«, meinte sie.

Mamas Lächeln erstarrte, sie drehte den Kopf zur Seite und sah Fredrik an. Wieso sagte er nichts?, dachte Annika. Wieso ließ er seiner Tochter solche Frechheiten durchgehen?

Aber Fredrik war völlig darin vertieft, die Soße von seinem Teller zu kratzen, und zuckte nicht mal mit der Augenbraue.

Erle verschwand in ihr Zimmer. Mama stand mühsam auf und fing an, den Tisch abzuräumen.

Mama hat einen Hirntumor.

Sie will nicht darüber reden, weil sie kein Mitleid will. Mama ist sehr tapfer. Aber das ist nicht gut. Zu Kranken soll man nett sein. Ehe man sich versieht, sind sie tot. Und dann bereut man, was man alles nicht gesagt oder getan hat. Aber dann ist es zu spät!

Annika las noch einmal durch, was sie in ihr Tagebuch geschrieben hatte, und bekam einen Kloß im Hals. Sie hatte das nur erfunden, aber trotzdem. Es könnte genauso gut wahr sein. Eine schreckliche Vorstellung, wenn ihre Mutter sterben müsste. Annika war in letzter Zeit auch nicht sehr nett zu ihr gewesen. Arme, arme Mama!

Sie legte den Stift weg und schaute zu Erle rüber, die im Nachthemd auf ihrem Bett lag und etwas auf ein Blatt Papier schrieb.

»Schreibst du auch Tagebuch?«, fragte Annika.

Erle schüttelte den Kopf.

»Ich schreibe Tagebuch«, sagte Annika.

Erle antwortete nicht.

»Ich schreibe Tagebuch!«, wiederholte sie.

»Ist mir doch egal«, sagte Erle.

Annika überflog noch einmal, was sie geschrieben hatte.

Es war megawichtig, dass Erle das las. Nicht auszudenken, wenn sie kein Interesse mehr hätte, in Annikas Buch zu schnüffeln. Annika bemühte sich, freundlich zu klingen.

»Und was schreibst du?«

»Eine Wunschliste«, sagte Erle.

»Eine Wunschliste?«

Erle seufzte genervt.

»Wenn man Geburtstag hat, wünscht man sich was, oder?«

»Ja, klar«, sagte Annika.

Erle widmete sich wieder ihren Notizen. Das schien ja eine ellenlange Liste zu werden.

»Wünsch dir doch Anziehpuppen«, meinte Annika.

Erle kniff die Augen zusammen und funkelte sie wütend an.

»Wenn du die Anziehpuppen noch einmal mit einer Silbe erwähnst, hau ich dich grün und blau!«, sagte sie.

Annika gab sich geheimnisvoll.

»Und wenn du in meinem Tagebuch liest, hau ich dich grün und blau!«

Erles Gesicht veränderte sich. Als ob sie sich ertappt fühlte. Dann riss sie sich zusammen und schnaufte verächtlich.

»Aus welchem Grund sollte ich wohl dein langweiliges Tagebuch lesen?«, sagte sie.

Annika zuckte gespielt gleichgültig mit den Schultern. Sie nahm ihren Stift wieder in die Hand und schlug das Buch auf.

»Ich habe heute übrigens Marius gesehen.«

Sie sagte das ganz nebenbei, als ob es nicht weiter von Bedeutung wäre. Aber sie sah aus dem Augenwinkel, dass Erle den Kopf hob.

»Wo?«

»Beim Kiosk«, sagte Annika.

»War er alleine?«

Annika schüttelte den Kopf, ohne von ihrem Tagebuch aufzusehen. Sie blätterte weiter. Erle setzte sich in ihrem Bett auf.

»Wer war bei ihm?«

Annika zuckte mit den Schultern.

»Keine Ahnung, wie sie heißt.«

»Sie?!«, sagte Erle.

Annika nickte und begann zu schreiben. Sie merkte genau, wie Erle sie beobachtete.

Marius ist voll cool, ich geb's ja zu. Und seine Freundin ist echt hübsch. Eigentlich das hübscheste Mädchen, das ich je gesehen habe. Sie sahen total verknallt und glücklich aus.

»Erzähl schon!«, sagte Erle.

Annika rang sich ein Gähnen ab.

»Ich erinnere mich nicht mehr so genau«, meinte sie.

Sie schob das Tagebuch unters Kopfkissen und merkte, wie Erle dorthin starrte.

»Oje, jetzt hätte ich fast vergessen, die Zähne zu putzen«, log sie und tat, als würde sie überlegen, ob sie gehen sollte oder nicht. »Ich hab zwar keine Lust, aber besser ist besser. Bin gleich wieder da.«

Annika stieg aus dem Bett und grinste still in sich hinein, als sie zur Tür ging. Sie war sicher, dass Erle sich nicht zweimal bitten ließe, in Annikas Tagebuch zu lesen.

Annika hatte natürlich längst die Zähne geputzt. Sie setzte sich auf den Klodeckel und wartete. Sie sah sich im Spiegel über dem Waschbecken an. Sie hatte ziemlich blaue Augen. Aufgeweckt und klug, wie der Blick ihres Vaters. Vielleicht hatte sie ja seine Augen geerbt.

Annika zählte bis 100, um Erle genug Zeit zum Lesen zu geben. Bei 67 hörte sie draußen ein Geräusch. Annika stellte sich auf den Klodeckel und guckte durch die schmale Fensterluke.

Ihre Mutter stand geduckt hinter den Johannisbeersträuchern und rauchte heimlich. Sie sah sich nervös um, als hätte sie Angst, auf frischer Tat ertappt zu werden. War es normal, dass Erwachsene heimlich rauchten?, überlegte Annika. Kam Mama sich nicht blöd dabei vor? Mutter trat die Kippe aus und verbuddelte sie in der Erde. Ehe sie wieder reinging, sprühte sie sich mit ihrem Mundspray ein.

So hat jeder sein Geheimnis, dachte Annika. Alle lügen! Und vielleicht war sie sogar die größte Lügnerin von allen, schoss es ihr durch den Kopf. Annika sprang vom Klodeckel herunter und beschloss, diesen Gedanken in den hintersten Winkel ihres Gehirns zu verbannen. Ich habe zumindest einen guten Grund zu lügen, fand sie. Die anderen nicht. Oder hatten sie auch ihre Gründe?

Erle lag mit dem Gesicht zur Wand, als Annika zurück ins Zimmer kam. Annikas Tagebuch lag unter ihrem Kopfkissen, aber sie zweifelte keine Sekunde daran, dass Erle darin gelesen hatte. Sie legte sich mit dem Rücken zu Erle unter die Decke. Ob sie traurig war wegen Marius? Wer konnte schon wissen, ob Erle wirklich in ihn verliebt war, so richtig? Annika spürte einen Anflug von Gewissensbissen. Dann rief sie sich ins Gedächtnis, wie gemein Erle zu ihr und ihrer Mutter gewesen war. Geschah ihr ganz recht. Oder?

»Gute Nacht«, flüsterte Annika.

Stille. Dann fragte Erle tonlos:

»War sie sehr hübsch?«

»Wer?«, fragte Annika.

»Das Mädchen.«

»Welches Mädchen?«

Erle holte Luft und Annika wartete gespannt, wie Erle es anstellen würde, sich nicht zu verraten.

»Hast du nicht eben gesagt, du hättest Marius mit einem Mädchen beim Kiosk gesehen?«

»Ach, die«, meinte Annika.

»Ja?«, sagte Erle.

»Doch, sie war hübsch«, sagte Annika.

»Sehr hübsch?«, hakte Erle nach.

»Ja, sehr«, antwortete Annika.

Erle holte noch einmal tief Luft und in Annikas Bauch braute sich ein Lachen zusammen. Sie schloss die Augen und merkte, wie erschöpft sie war. Aber sie war auch zufrieden. Außerdem war es schön, so dazuliegen und zu spüren, wie der Schlaf allmählich über sie kam.

Erles Stimme unterbrach ihre Gedankenschleifen, vorsichtig, beinahe ängstlich.

»Wie geht es eigentlich deiner Mutter?«, fragte sie.

15

»Wollen wir das Frühstück machen?«

Annika schlug die Augen auf und sah die Wand. Was war das für eine Stimme? Hatte sie geträumt? Sie drehte sich um und erblickte Erle. Die saß fertig angezogen am Fußende ihres Bettes und wirkte ungeduldig.

»Ist was passiert?«, murmelte Annika mit krächzender Morgenstimme.

»Es ist schon nach zehn«, sagte Erle. »Wollen wir heute nicht mal Frühstück machen? Wir könnten den Tisch schön decken und Spiegeleier braten oder so was.«

Annika richtete sich verschlafen im Bett auf. War Erle krank? Machte sie sich lustig über Annika?

Da entdeckte Annika eine Ecke ihres Tagebuches, die unter ihrem Kopfkissen hervorlugte, und erinnerte sich wieder.

»Ich dachte mir, deine Mutter hätte vielleicht mal Lust auf Frühstück im Bett?«, sagte Erle.

Sie zog die Gardinen auf und öffnete das Fenster.

»Frühstück im Bett?«, fragte Annika. »Wenn es nach zehn Uhr ist, ist Mutter wahrscheinlich längst aufgestanden.«

War sie nicht. Mama lag unter ihrer Bettdecke und schlief tief und fest. Als Annika ihr über die Wange strich, öffnete sie ganz langsam die Augen.

»Es ist schon spät«, sagte Annika.

Mutter gähnte.

»Mhmh«, murmelte sie.

»Willst du nicht aufstehen?«, fragte Annika.

»Doch, ja«, sagte Mama.

Aber sie blieb reglos auf dem Rücken liegen und starrte an die Decke.

»Wir haben Frühstück für dich gemacht«, sagte Annika. »Erle brät gerade Spiegeleier.«

»Wie lieb«, meinte Mama.

Ihr Lächeln konnte nicht darüber hinwegtäuschen, wie gerädert sie war.

»Möchtest du noch ein bisschen liegen bleiben?«, fragte Annika.

Mama nickte und hatte die Augen schon wieder geschlossen.

Annika war nicht traurig deswegen. Sie wusste, wie sehr ihre Mutter es an ihren freien Tagen genoss, etwas länger im Bett zu bleiben. Aber das konnte Erle natürlich nicht ahnen, da Mama bisher jeden Morgen die Frühaufsteherin gespielt hatte.

Erle hatte ein Brettchen aus dem Schrank genommen und Brote geschmiert, als Annika ihr mitteilte, dass sie die Sachen auf den Küchentisch stellen konnten, ihre Mutter würde sich dann später was nehmen.

»Geht es ihr nicht gut?«, fragte Erle vorsichtig und sah aufrichtig besorgt aus.

»Sie ist nur müde«, sagte Annika.

»Sollen wir den Arzt rufen?«, schlug Erle vor. »Oder Papa bitten, nach Hause zu kommen?«

Annika schüttelte den Kopf.

»Sie muss sich nur ein bisschen ausruhen.«

Erle nickte ernst.

»Meinst du, wir sollten lieber rausgehen?«, sagte sie. »Damit wir sie nicht stören?«

Annika hätte laut lachen mögen. Tagelang war Erle frech und abweisend zu ihrer Mutter gewesen, und nun zerbrach sie sich plötzlich den Kopf darüber, nur ja kein Geräusch zu machen.

»Geh ruhig schon vor«, sagte Annika. »Ich komme später nach.«

Erle nickte ernst. Dann packte sie ihre Strandtasche und ging.

Eine halbe Stunde später stand Mutter auf.

Sie war blass und hatte Ringe unter den Augen. Sie schien wirklich völlig erschlagen zu sein. Die letzten Tage waren für sie bestimmt auch alles andere als angenehm gewesen. Die ganze Zeit hatte sie versucht, es allen recht zu machen; sowohl Annika als auch Erle und Fredrik. Kein Wunder, dass sie erschöpft war.

»Kommst du mit an den Strand?«, fragte Annika.

Mutter goss sich einen Kaffee ein und sah sich um. Annika rechnete fest damit, dass jetzt käme, dass sie unbedingt noch was für den Geburtstag vorbereiten müsste.

»Du bist doch nicht für das Fest morgen verantwortlich«, sagte Annika. »Erle ist schließlich nicht deine Tochter.«

Mutter fuhr sich mit einer Hand durchs Haar und lächelte Annika an wie ein kleines Kind, das was ganz Süßes gesagt hat, aber eigentlich keine Ahnung hat.

»Stimmt was nicht?«, fragte Annika vorsichtig.

Mutter nahm einen Schluck Kaffee und guckte an Annika vorbei aus dem Fenster.

»Ich weiß es nicht«, sagte sie leise.

Annika musste an eine Redewendung denken, die ihre Oma oft gebraucht hatte: *ein Unheil heraufbeschwören*. Das hieß, wenn man dauernd darüber sprach, dass man sich wehtun würde, konnte es passieren, dass man mit seinem Gerede das Unheil heraufbeschwor und sich tatsächlich wehtat.

Was wäre zum Beispiel, wenn das, was Annika im Tagebuch über ihre Mutter geschrieben hatte, wahr würde?

»Bist du krank?«, fragte Annika ängstlich.

»Aber nein«, sagte Mama.

Sie rang sich ein Lächeln ab, legte die Handflächen auf die Tischplatte und stemmte sich hoch.

»Also, was ist, kommst du mit an den Strand?«

Kurz bevor sie den Strand erreichten, stellte Mutter fest, dass sie die Sonnencreme vergessen hatte.

»Mist!«, sagte sie. »Ich muss noch mal zurück und die Creme holen. Such uns schon mal ein schönes Plätzchen.«

»Ich kann sie doch auch holen!«, bot Annika an. »Ich düse auch wie der Wind.«

Mutter strich ihr lächelnd übers Haar.

»Mein Mädchen«, sagte sie. »Du bist ein echter Schatz!«

Annika lächelte zurück und dachte, wie wenig ihre Mutter doch von ihr wusste.

»Du kriegst auch ein Eis, wenn du zurück bist!«, rief Mama hinter ihr her, als sie bereits losgelaufen war.

Annika wollte bloß die Sonnencreme holen, mehr nicht.

Aber als sie den Flur betrat, fiel ihr Blick auf Fredriks Aktentasche. War er etwa ohne die Tasche zur Arbeit gefahren? Oder war er gar nicht bei der Arbeit?

Das Herz hämmerte hart in ihrer Brust, als Annika vorsichtig den Reißverschluss aufzog. Sie wusste nicht genau, wonach sie suchte, aber sie war sicher, dass irgendetwas in der Mappe ihr mehr über Fredriks Geheimnis verraten würde.

Die Aktentasche enthielt eine Menge langweiliger Unterlagen, die ihr gar nichts sagten. Da waren Listen mit langen Zahlenkolonnen und Anmerkungen am Rand. Oben auf den Papierbögen war der Name der Firma aufgedruckt. *Finance Consulting*. Unter dem Firmennamen standen die Adresse und eine Telefonnummer. Ohne nachzudenken griff Annika nach dem Hörer und wählte die Nummer.

Eine Frau, die wie eine Nachrichtensprecherin klang, antwortete.

»Finance Consulting, guten Tag?«

»Hallo«, sagte Annika. »Ich würde gerne mit jemandem sprechen, der bei Ihnen arbeitet.«

»Ja, bitte?« Die Stimme klang ungeduldig. »Wie ist der Name?«

»Fredrik«, sagte Annika. »Fredrik Wahl.«

Am anderen Ende der Leitung wurde es still. War die Verbindung unterbrochen?

»Der ist nicht hier«, sagte die Frau knapp.

»Nicht da?«, wiederholte Annika. »Den ganzen Tag nicht?«

»Nein.«

»Können Sie mir sagen, ob er gestern da war?«, fragte Annika.

»Nein«, sagte die Frau.

»Nein? Heißt das, Sie können es nicht sagen oder er war nicht da?«

»Nein, er war nicht da«, sagte die Frau. »Er ist seit der Vorstandssitzung am Mittwoch nicht mehr hier gewesen. Worum geht es, bitte?«

Annika legte den Hörer auf.

Nun wusste sie mit Sicherheit, dass Fredrik log. Aber weshalb? In dem Moment klopfte es an der Tür. Annika zuckte zusammen und richtete sich auf. Wer könnte das sein? Es klopfte erneut. Annika holte tief Luft. Dann ging sie auf den Flur und öffnete die Tür.

Marius trug eine Jeans und ein weißes T-Shirt. Um den Hals hing eine Kette mit blauen Muscheln, genauso blau wie seine Augen.

Marius sah sie verdutzt an und sah aus, als ob er etwas sagen wollte, aber Annika kam ihm zuvor.

»Spar dir die Frage, was ich hier mache: Ich wohne hier!«, sagte sie.

Marius nickte verunsichert und sagte nichts.

»Worum geht es?«, fragte Annika.

Marius bohrte eine Fußspitze ins Gras.

»Ist Erle da?«

Er wurde rot, als er ihren Namen aussprach.

»Nein«, sagte Annika.

»Weißt du, wo sie ist?«, fragte Marius.

»Nein«, sagte Annika. »Soll ich ihr was ausrichten?«

Marius fummelte an der Kette um seinen Hals.

»Es geht um ihren Geburtstag«, meinte er. »Morgen.«

»Ja?«, sagte Annika. »Was ist damit?«

Marius schob die Hände in die Gesäßtaschen. Es sah aus, als würde er sich am Po kratzen.

»Ich überlege, was sie sich wohl wünscht?«

Er guckte hoch und nagelte Annika mit seinen blauen Augen fest.

»Fällt dir was ein?«

Sein Gesicht war ganz offen. Annika hatte nicht gelogen, als sie in ihr Tagebuch geschrieben hatte, dass er cool war.

»Weiße Mäuse«, sagte Annika schnell.

»Machst du Witze?«, fragte Marius.

Annika schüttelte den Kopf.

»Sie hat sich jedenfalls welche von ihrem Freund gewünscht.«

Marius sah auf einmal sehr verunsichert aus.

»Sie hat einen Freund?«, fragte er.

Annika nickte.

»Zu Hause, ja. Aber sie glaubt nicht, dass sie welche von

ihm kriegt. Sie freut sich bestimmt riesig, wenn du ihr welche kaufst.«

Marius nickte abwesend. War er niedergeschlagen? Hatte Annika es geschafft, dass er Liebeskummer hatte?

»Bis dann.« Er drehte sich um und ging zu seinem Fahrrad, das er neben dem Briefkasten abgestellt hatte.

Annika folgte ihm mit dem Blick.

»Stimmt es, dass du Bezirksmeister über 100 Meter werden kannst?«, rief sie hinter ihm her.

Marius drehte sich um und sah sie an.

»Glaube schon«, sagte er. »Wenn ich hart genug trainiere.«

»Cool«, sagte Annika.

Marius nickte, sah aber nicht sehr glücklich aus. Er schwang sich auf sein Rad und düste los. Annika schaute hinter ihm her, bis er nicht mehr zu sehen war.

Das Geburtstagsgeschenk, ach ja. Das hatte sie völlig vergessen. Nicht dass Erle eins verdient hätte, aber es würde nur Ärger geben, wenn sie nichts besorgte. Annika tastete nach dem Geld in ihrer Tasche. Nach dem Eis gestern waren nur noch achtzig Kronen übrig. Das musste reichen.

Auf dem Weg zum Strand machte sie einen kurzen Abstecher in eine Drogerie und kaufte eine Flasche Badeschaum und eine große rote Blumenspange fürs Haar.

16

»Du warst aber lange weg!«, sagte Mutter, als Annika ihr die Sonnencreme reichte und sich neben sie auf die Decke setzte.

»Ich musste noch das Geburtstagsgeschenk für Erle besorgen«, meinte sie. »Und dann habe ich ein Telefongespräch angenommen.«

Mutter reichte ihr ein Eis mit Schokoüberzug. Es war fast geschmolzen, aber das machte nichts.

»Hat jemand angerufen?«, fragte Mama.

Annika nickte.

»Und wer war dran?«

Annika überlegte blitzschnell.

»Erles Mutter«, sagte sie.

Mama sah sie überrascht an.

»Was wollte die denn?«

Annika zuckte mit den Schultern und löste vorsichtig das Papier von dem Eis.

»Sie hat nach Fredrik gefragt. Wahrscheinlich irgendwas wegen der Geburtstagsfeier morgen.«

Mama nickte nachdenklich und begann, sich mit Sonnencreme einzuschmieren. Annika sah sie an.

»Glaubst du, Papa und du, ihr wärt heute noch verheiratet, wenn er nicht gestorben wäre?«

Mama warf Annika einen erstaunten Blick zu, bevor sie mit dem Eincremen fortfuhr.

»Wir waren nicht verheiratet«, sagte Mama.

»Nein, aber zusammen«, sagte Annika. »Eine Lebensgemeinschaft!«

Darauf antwortete Mama nichts.

»Hat Rebekka gesagt, ob sie kommt?«

»Wer?«, fragte Annika.

»Erles Mutter!«

Annika schüttelte den Kopf.

»Kommst du mit schwimmen?«

Mutter nickte und stand auf, aber für den Rest des Tages war sie irgendwie abwesend und verschlossen.

Fredrik fuhr mit dem Wagen voller Frikadellen und Würstchen, Papiertischdeckenrollen, Papphüten und Ballons, Limo, Eis und Wein für die Erwachsenen vor.

Erle hatte es sich anders überlegt und wollte jetzt keine Modelshow mehr machen, sondern ihren Geburtstag ganz normal feiern. Trotzdem gab es noch einen Haufen vorzubereiten.

»Super!«, begrüßte Erle ihren Vater. »Aber die Papphüte kannst du vergessen, die sind was für kleine Kinder!«

Fredrik lachte und räumte die Sachen aus dem Auto. Er hatte glänzende Laune, was Annika irgendwie noch merkwürdiger fand als seine stumme Niedergeschlagenheit.

»Na, einen anstrengenden Tag bei der Arbeit gehabt?«, fragte Annika, als sie ihm half, die Lebensmittel im Kühlschrank zu verstauen.

»Sehr anstrengend«, sagte Fredrik. »Eine Sitzung hat die nächste gejagt.«

Der lügt ja, dass sich die Balken biegen!, dachte Annika. So ein Heuchler! Aber sie sagte nichts. Es würde sich schon der passende Zeitpunkt ergeben, ihn zu entlarven. Sie legte ein falsches Lächeln auf und meinte:

»Du Armer!«

Fredrik lachte.

»Solange ich das Glück habe, von drei so reizenden Mädchen zu Hause erwartet zu werden, habe ich wohl keinen Grund zu klagen.«

Er zwinkerte Mutter zu, aber Mutter zwinkerte nicht zurück.

»Rebekka hat angerufen«, sagte sie stattdessen.

Fredrik grinste verunsichert. Wurde er rot? So wie Marius, als er Erles Namen ausgesprochen hatte?

»Rebekka?«, fragte er nach.

»Sie hat hier angerufen«, sagte Mama.

»Hier?«

Mutter nickte.

»Annika hat mit ihr gesprochen.«

Fredrik sah Annika fragend an. Das Blut pulste in heißen Wellen durch ihren Körper. Sie musste sich was einfallen lassen! Und das schnell!

»Was ist eigentlich mit den Renovierungsarbeiten?«, fragte sie.

Fredrik wurde immer verwirrter.

»Ach ja!«, sagte Mutter. »Hattest du nicht Handwerker bestellt, die die Gästezimmer fertig machen wollten?«

»Das eilt doch nicht«, murmelte Fredrik.

»Ach nein?«, sagte Mama.

»Papa!«, rief Erle. »Was ist denn das hier?«

Erle tauchte mit einer rosa Papiertischdecke in der Tür auf.

»Eine rosa Papiertischdecke«, sagte Fredrik.

»Das sehe ich auch, du Blödmann«, meinte Erle. »Aber ich kann Rosa nicht ausstehen!«

Fredrik lächelte ganz verwirrt.

»Wenn ich mich richtig erinnere, hast du letztes Jahr an deinem Geburtstag doch eine Pink Party gefeiert?«

»Das war letztes Jahr!«, sagte Erle. »Da bin ich zwölf geworden!«

»Meine Güte«, sagte Fredrik. »Es ist gar nicht so einfach, auf dem neuesten Stand zu sein, was?«

Er drehte sich mit einem Lächeln zu Mutter um, aber die hatte gar nicht mitbekommen, was er gesagt hatte. Sie hatte zwei Tabletten aus ihrer Tasche genommen und spülte sie mit einem Glas Wasser hinunter. Zwischen Fredriks Augenbrauen bildete sich eine tiefe Falte.

»Ist dir nicht gut?«, fragte er.

»Kopfschmerzen«, antwortete Mama.

Fredrik ging zu ihr und streichelte ihr sanft über die Schulter. Annika sah zu Erle. Sie musterte Mama mit besorgter Miene.

»Sollen wir einen Arzt rufen?«, fragte sie leise.

Mutter sah sie überrascht an und schüttelte den Kopf.

»Der kann mir auch nicht helfen«, sagte sie.

An diesem Abend wurde Annika Zeugin von etwas, das sie lieber nicht gesehen hätte.

Diesmal ging es nicht um Fredrik, sondern um Erle. Annika hatte überhaupt nicht vorgehabt zu spionieren, sie war nur ins Haus gegangen, um was zu trinken zu holen. Sie hatten im Garten gegrillt und nach dem Essen hatte Erle sich nach drinnen verzogen. Sie wollte noch was für den nächsten Tag erledigen, hatte sie gesagt, und keiner der anderen hatte das irgendwie seltsam gefunden.

Kurz darauf war Annikas Glas leer gewesen und Fredrik hatte ihr vorgeschlagen, sich eine neue Flasche aus dem Haus zu holen.

Erle stand im Wohnzimmer, mit dem Rücken zum Flur. Sie hielt das Telefon ans Ohr gepresst und hatte nicht mitbekommen, dass Annika hereingekommen war.

»Doch, mir geht's gut«, sagte Erle. »Aber ich wünsch mir so sehr, dass du kommst!«

Annika blieb vor der Tür stehen. Sollte sie weiter in die Küche gehen?

»Ich verstehe ja, dass das Treffen wichtig ist, Mama«, sagte Erle. »Aber ist es nicht auch ein bisschen wichtig, dass ich dreizehn werde?«

Ihre Stimme klang nicht wütend, eher enttäuscht, und als ob sie jeden Augenblick umkippen könnte.

»Ja, gut«, sagte Erle leise. »Okay. Tschüss dann.«

Sie stellte das Telefon in Zeitlupe in die Ladestation zurück und blieb reglos stehen. Annika wusste nicht, wie sie sich verhalten sollte. Wenn sie jetzt in die Küche ging, glaubte Erle womöglich, dass sie gelauscht hatte. Das hatte sie ja auch, aber nicht mit Absicht!

Da sah Annika, dass Erle den Kopf vornüberbeugte und ihr Gesicht in den Händen verbarg. Ihre Schultern begannen zu zucken. Weinte sie? War ein Mädchen wie Erle tatsächlich zu echten Tränen fähig? Es bestand kein Zweifel. Erle schluchzte in ihre gewölbten Hände und zum ersten Mal, seit sie hier waren, kam Annika in den Sinn, dass Erle es vielleicht auch nicht immer ganz leicht hatte.

»Hast du nichts zu trinken gefunden?«, fragte Fredrik Annika, als sie mit leeren Händen zurück in den Garten kam.

»Eigentlich habe ich gar keinen Durst«, nuschelte Annika.

Ihre Mutter legte den Kopf auf die Seite, um die Nackenmuskeln zu dehnen.

»Diesmal sind die Kopfschmerzen aber besonders hartnäckig«, sagte sie.

Fredrik zog sie an sich.

»Eine kleine Massage wird dir guttun«, meinte er und machte sich daran, ihre Schultern zu kneten. Mama schloss die Augen.

»Wunderbar«, seufzte sie.

Annika dachte an Erle, die heulend im Wohnzimmer saß. Und dann sah sie ihre Mutter an und stellte sich vor, wie niedergeschlagen sie sein würde, wenn sie erfuhr, dass Fredrik gar nicht sie liebte, sondern immer noch Rebekka.

17

Eigentlich fing der Tag ganz passabel an.

Wenn man bedachte, wie er sich noch entwickeln sollte, konnte man durchaus sagen, dass der Tag ziemlich gut begann.

Annika wurde von ihrer Mutter geweckt, die sie vorsichtig an der Schulter rüttelte und ihr ins Ohr flüsterte, dass sie leise aufstehen sollte. Annika nahm das Geschenk mit, das sie unter dem Bett versteckt hatte, und schlich aus dem Zimmer, ohne Erle zu wecken.

Fredrik war in der Küche und richtete ein Tablett mit einem Stück Sahnetorte, in der eine norwegische Papierflagge steckte, und einer Flasche Limo her. Auf dem Tisch lag ein kleines, viereckiges Geschenk mit einer roten Schleife.

»Was ist da drin?«, fragte Annika.

»Ein iPod«, sagte Mama. »Den hat Erle sich gewünscht.«

»Hat sie keinen MP3-Player?«, fragte Annika.

Mama lachte.

»Das hier ist aber das Neueste vom Neusten.«

Sie strich Annika übers Haar.

»Im November hast du Geburtstag.«

»Ich dachte, die Dinger wären irre teuer«, sagte Annika und tippte auf das Päckchen.

»Das Gleiche hat Fredrik auch gesagt!«, rief Mama lachend.

Sie zwinkerte Annika zu und suchte Fredriks Blick, aber er schien dem Ganzen nichts Komisches abgewinnen zu können.

»So!«, meinte er und nahm das Tablett hoch. »Gehen wir?«

Erle freute sich riesig über den iPod und nahm ihren Vater und Mama in den Arm.

Sie sagte auch, dass ihr der Badeschaum und die Blume gefielen, aber Annika ging davon aus, dass sie nur so tat.

Nach dem Stück Kuchen und dem anschließenden Frühstück richteten sie den Garten her. Sie stellten Tische auf und legten Papiertücher darauf und Erle beschwerte sich auch nicht mehr, dass sie rosa waren. Sie machten Salate und bereiteten den Grill vor, und während Mama und Fredrik loszogen, um die Fragen für die Quiz-Rallye anzubringen, hängten Annika und Erle Ballons in die Bäume.

Annika war überrascht, wie entspannt alles war. Vielleicht würden die verbleibenden zwei Wochen ja doch nicht so schlimm werden?

Als Erste trafen ein paar Freundinnen von Erle ein, die Annika noch nie gesehen hatte. Sie kamen zusammen mit Terese und hatten mehrere Geschenke dabei. Erle protestierte nicht einmal, als Annika sich neben sie stellte und beim Auspacken zuguckte.

»Oh«, rief Erle, als sie das erste Geschenk aufriss. »Das ist ja ein süßer Herzrahmen!«

»Da kannst du ja ein Foto von uns beiden reintun«, meinte Terese. »Oder von jemand ganz anderem.«

»Ah! Lipgloss!«

Es folgten weitere Geschenke und weitere Ahs und Ohs, und Annika fand, dass Erle wirklich zu beneiden war.

Eine Autohupe ertönte und alle drehten sich um. Vor dem Haus hielt ein schnittiger gelber Sportwagen. Die Fahrertür ging auf und ein Paar lange Beine schob sich nach draußen. Gleich darauf wand Erles Mutter sich elegant aus dem Auto.

»Tatatataaaa!«, rief Rebekka. »Ich habe es doch nicht fertig gebracht, nicht zu kommen!«

Sie lachte und schüttelte das lange Haar aus. Annika schaute zu Fredrik rüber und sah, wie er seine Exfrau anstarrte. War das Liebe in seinem Blick? Garantiert! Annikas Kiefer verkrampften sich vor Wut, und als sie ihre Mutter sah, steigerte sich ihre Wut noch. Mama streckte die Hand aus, um Erles Mutter zu begrüßen, aber die übersah sie einfach. Stattdessen drückte sie Annikas Mutter einen großen Kuchenteller in die Hand.

»Wärst du wohl so nett, ihn kalt zu stellen, Maybritt?«, zwitscherte sie.

»Brita«, korrigierte Mama sie.

Aber Rebekka hörte gar nicht zu. Sie hatte Erle entdeckt, stieß einen lauten Jubelschrei aus und breitete die Arme aus. Annika sah, wie peinlich Erle dieser Auftritt war. Sie kam zwar rüber und begrüßte ihre Mutter mit einer Umarmung, aber man sah ihr deutlich an, dass es ihr lieber gewesen wäre, wenn Rebekka sich ein wenig unauffälliger benommen hätte.

Doch das tat sie nicht.

»Meine Tochter ist jetzt ein Teenager!«, rief Rebekka. »Mein Gott, fühle ich mich plötzlich alt!«

Sie lachte laut. Erle verdrehte die Augen.

»Ich dachte, du wolltest nicht kommen«, flüsterte sie.

Rebekka antwortete nicht. Und während Annikas Mutter in die Küche ging, um den Kuchen in den Kühlschrank zu stellen, schleuderte Rebekka die Schuhe von den Füßen und rief laut in die Runde, wie herrlich sie es fand, frisches Gras zwischen den Zehen zu spüren.

»Mein Gott, wie ich diesen Ort liebe!«, verkündete sie. »Das hätte ich fast vergessen.«

Die Mädchen sahen Erle an, aber Erle starrte ins Gras vor

ihren Füßen, als ihre Mutter ein paar Tanzschritte machte und barfuß und mit flatterndem Kleid durch den Garten lief.

»Wie lange mag das her sein, seit ich das letzte Mal hier war?«, rief sie und sah Fredrik an. »Drei Jahre?«

»Vier«, sagte Erle kurz.

Mama kam wieder aus dem Haus, sie blieb auf der Treppe stehen und beobachtete Rebekka, die die Arme über den Kopf streckte und tief Luft holte.

»Das ist was anderes als Oslo«, sagte sie kokett lächelnd. »Vielleicht hätte ich dich doch nicht gehen lassen sollen!«

Sie sah Fredrik an und lachte laut, aber niemand fiel in ihr Lachen ein. Mama verschränkte die Arme vor der Brust und lehnte sich mit dem Rücken gegen die Wand. Fredrik war hochrot im Gesicht.

»Ach was, Spaß beiseite«, meinte Rebekka und hörte endlich auf zu lachen.

Sie griff in ihre Tasche und zog ein Geschenk heraus.

»Für meine Prinzessin!«, sagte sie und bedachte Erle mit einem zuckersüßen Lächeln.

Alle Mädchen scharten sich um Erle, die sich ans Auspacken machte. Als sie fertig war, hätte man eine Stecknadel fallen hören können.

»Ist der nicht super?«, fragte Rebekka.

Erle drehte sich um und da erst sah Annika, was sie in der Hand hielt. Einen iPod.

»Ja …«, sagte Erle unsicher mit einem Blick Richtung Geschenktisch, wo bereits der fast identische iPod lag.

»Uuups!«, machte Erles Mutter. »Wie viel Lieder passen da drauf??«

»Tausend«, sagte Mama.

»Auf meinen passen fünftausend«, sagte Erles Mutter.

Sie legte den Kopf schräg und lächelte Mama an.

»Ihr habt doch sicher den Bon aufbewahrt, nicht wahr?«

Mama antwortete nichts. Annika fand das alles super-, superpeinlich.

Aber es sollte noch schlimmer kommen.

Denn jetzt traf Marius ein. Und in dem Augenblick, als Annika sah, was er vor sich hertrug, wusste sie, dass es Ärger geben würde. Marius hielt einen großen Kasten vor sich, der mit einem Tuch zugedeckt war.

Hilfe!, dachte Annika. Er wird doch wohl nicht getan haben, was ich gesagt habe?

Erle machte ein langes Gesicht, als sie Marius bemerkte. Und Marius blieb in Höhe des Briefkastens stehen, als er ihre schmalen Augen sah. Erle riss sich zusammen und ging auf ihn zu. Annika folgte ihr bis zu Rebekkas Auto, um zu hören, was sie redeten.

»Hi«, sagte Marius. Er sah extrem verlegen aus.

»Hi«, antwortete Erle.

»Herzlichen Glückwunsch zum Geburtstag!«, sagte Marius.

»Danke«, sagte Erle.

Dann sagte keiner mehr was.

»Gut siehst du aus«, stellte Marius mit einem anerkennenden Nicken fest.

Erle holte tief Luft und stemmte die Hände in die Seiten.

»Warum hast du das Mädchen nicht mitgebracht?«

»Was für ein Mädchen?«, fragte Marius verwirrt.

»Deine Freundin!«

Erle sah Marius direkt in die Augen, was ihn noch mehr verwirrte.

»Ich habe doch gar keine Freundin«, stotterte er.

»Ach ja?«, meinte Erle.

»Nein«, sagte Marius. »Wer hat das behauptet?«

Darauf gab Erle keine Antwort, aber sie drehte den Kopf und sah zu den Gästen. Annika ging eilig hinter dem Auto in Deckung, da ihr nur zu klar war, nach wem Erle Ausschau hielt.

»Da habe ich wohl was missverstanden«, hörte sie Erle sagen.

»Ja«, sagte Marius. »Scheint so.«

»Annika?«, rief Mama. »Was suchst du denn da hinter dem Auto?«

»Mir ist Geld runtergefallen«, sagte Annika und tat so, als würde sie mit den Fingern das Gras durchkämmen.

Mutter ging ins Haus. Annika richtete sich auf und sah, dass Erle und Marius auf dem Weg zu den anderen waren. Alle Blicke waren neugierig auf den Gegenstand gerichtet, den Marius zwischen seinen Händen balancierte.

Lieber, lieber Gott!, flehte Annika innerlich. Lass es nicht das sein, was ich glaube!

»Ist das für mich?«, fragte Erle.

Marius nickte.

»Ich hoffe, du hast es noch nicht.«

Erles Mutter fing wieder an zu lachen.

»Nach einem iPod sieht es jedenfalls nicht aus.«

Die Mädchen versammelten sich um den Geschenktisch, wo Marius den sperrigen Kasten abstellte. Erle schnappte sich einen Zipfel des Tuches, zählte laut bis drei und zog die Abdeckung mit einem Ruck weg. Annika kniff die Augen zu, aber sie brauchte gar nichts zu sehen, um zu wissen, was für ein Geschenk das war. Erle stieß einen markerschütternden Schrei aus. Annika schlug die Augen auf und sah Marius' verdutzten Blick, als der Käfig mit den drei weißen Mäusen umkippte und vom Tisch fiel, genau vor Erles Füße! Eine weiße Maus entwischte und huschte über Erles Zehen, worauf Erle hysterisch kreischte.

»Das wollte ich nicht!«, rief Marius.

Er warf sich auf den Boden und versuchte die Maus einzufangen, die panikartig fliehen wollte. Erle sprang auf einen Gartenstuhl und hörte gar nicht wieder auf zu schreien.

»Ich hasse Mäuse!«, schrie sie. »Ich hasse Mäuse!«

Dann fing sie an zu weinen.

Marius fing den Ausreißer ein und steckte ihn in den Käfig. Er prüfte zweimal, ob die Tür auch richtig verschlossen war.

»Sie ist wieder eingefangen!«, sagte er und hielt wie zum Beweis den Käfig hoch.

Aber allein der Anblick der drei weißen Mäuse ließ Erle noch heftiger heulen.

O Gott, ist das peinlich, dachte Annika und versuchte sich hinter den Gästen zu verstecken. Da klatschte Fredrik in die Hände und lächelte angespannt in die Runde.

»Wer will was essen?«

Am Anfang war es noch ziemlich still am Tisch, aber nach und nach fanden die Gäste ihre Sprache wieder.

Selbst Erle lächelte wieder. Annika und Mama saßen am anderen Ende des Tisches, wahrscheinlich, weil sie so weit entfernt von Rebekka sitzen wollte wie möglich. Rebekka und Fredrik saßen nebeneinander am entgegengesetzten Ende. Rebekka plapperte wie ein Wasserfall und legte mehrmals wie zufällig ihre Hand auf Fredriks Arm. Er lächelte verwirrt und wurde immer wieder rot im Gesicht.

Annika hatte darauf geachtet, so weit weg von Marius zu sitzen wie nur möglich, aber sie sah aus dem Augenwinkel, dass er immer wieder in ihre Richtung guckte. Er hatte ihr bestimmt noch das eine oder andere mitzuteilen, ehe der Abend zu Ende ging, dachte sie besorgt. Wenn er schon wütend auf sie war, als ihm die Colaflasche runtergefallen war oder als sie ihn hinter dem Duschvorhang überrascht hatte, würde er jetzt wahrscheinlich völlig austicken, wenn er mitkriegte, was sie alles zusammengelogen hatte.

Ein kaltes Kribbeln lief ihren Rücken hinunter, als Annika sich vorstellte, wie der Tag enden würde.

Wenn sie geahnt hätte …

18

Dann wurde es Zeit für die Quiz-Rallye.

Mama erklärte, dass sie dem roten Band folgen und Fragen beantworten sollten, die auf kleinen Zetteln an verschiedenen Stationen angebracht waren.

»Ich kann keinen Schritt mehr gehen«, seufzte Erles Mutter und ließ sich rückwärts in die Hängematte sinken. »Ich bin pappsatt. Mein Bauch fühlt sich an wie ein Ballon!«

Sie strich sich lachend über den flachen Bauch. Mama strengte sich an, einigermaßen freundlich zu bleiben.

»Die Rallye war auch eher für die Kinder gedacht«, sagte sie knapp.

»Okay!«, rief Fredrik. »Stifte und Papier liegen hier. Viel Erfolg!«

Sie sollten nacheinander losziehen, mit einer Minute Abstand.

Annika stellte sich als Letzte in die Schlange und ließ die anderen vor. Erle bestand darauf, Fredriks Gummistiefel anzuziehen. Die waren natürlich viel zu groß, aber nach dem Zwischenfall mit den Mäusen traute sie sich nicht, mit Sandalen loszugehen.

Als Annika an der Reihe war, befanden sich nur noch Fredrik und Rebekka im Garten. Fredrik war mit dem Grill beschäftigt und Rebekka lag immer noch ausgestreckt in der Hängematte und stöhnte darüber, wie schrecklich viel sie gegessen hätte. Drei Salatblätter, wenn's hochkam, vermutete Annika.

»Wo ist Mama?«, fragte sie.

»Was?«, sagte Fredrik und guckte von seinem Grill hoch.

»Sie fragt, wo du deinen kleinen Liebling versteckt hast«, sagte Rebekka lachend.

Annika hätte am liebsten gesagt, dass ihre Mutter ganz bestimmt kein kleiner Liebling war, sondern ein ganz normaler, liebenswerter Mensch. Warum sagte sie das nicht?

»Ist Brita nicht drinnen und räumt auf?«

Die erste Station war leicht.

An einem Baumstamm gleich hinter dem Gartenhäuschen hing ein gelber Zettel mit einer Karte von Europa. *Wie heißt dieses Land?*, stand da mit rotem Filzstift. Und ein roter Pfeil zeigte auf das Land, das wie ein Stiefel aussah. *Italien* schrieb Annika auf ihren Zettel.

Die nächste Frage war schon etwas schwieriger. Diesmal

war auf dem Zettel das Bild eines Mannes abgebildet, den Annika schon öfter im Fernsehen oder in der Zeitung gesehen hatte. Aber sie war sich nicht sicher, wie er hieß. Am Ende tippte sie auf einen der drei angegebenen Namen.

Bei der dritten Station gab es einen kleinen Stau. Das jedenfalls vermutete Annika, als sie über die Felskuppe kam und die zwei Rücken vor sich sah. Im nächsten Augenblick erkannte sie, dass die Rücken zu Erle und Terese gehörten. Annika blieb stehen, aber zu spät.

»Da ist sie!«, rief Terese und zeigte mit dem Finger auf Annika.

Erle drehte sich um und sah sie an.

Annika zwang sich zu einem Lächeln und ging langsam auf sie zu.

»Und, wie läuft's?«, sagte sie. »Ich war mir nicht ganz sicher, wie der Typ auf dem Bild heißt. Wisst ihr das?«

Den beiden Mädchen schien wenig daran zu liegen, über die Quizfragen zu diskutieren.

»Hast du Marius erzählt, dass ich zu Hause einen Freund habe?«, fragte Erle.

Annika blieb ein paar Meter von ihnen entfernt stehen. »Nein!«, sagte sie, ein bisschen zu laut.

»Das hat er mir heute Morgen aber gesagt«, meinte Terese mit einem Blick auf Erle. »Dass du ihm das erzählt hast.«

Erles Augen wurden zu zwei schmalen Strichen.

»Das muss er geträumt haben!«, sagte Annika. »Manchmal ist es schwer, Traum und Wirklichkeit auseinanderzuhalten.«

»Oder kann es sein, dass du lügst?«, entgegnete Erle.

Ihre Augen funkelten schwarz, als sie auf Annika zuging. Annika wusste nicht, was Erle vorhatte, aber mit Sicherheit nichts Gutes. Und da sie keine Lust hatte, abzuwarten, was es war, fuhr sie blitzschnell herum und rannte los.

»Warte!«, rief Erle hinter ihr her. »Wir wollen doch nur mit dir reden!«

Aber Annika wollte mit niemandem über was auch immer reden. Sie bahnte sich einen Weg durch das dichte Unterholz und weiter durch den Wald, bis sie die Böschung erreichte, die zu dem Anlegesteg hinterm Haus führte. Vorsichtig schlitterte sie abwärts und sah sich erst um, als sie unten angekommen war.

Vor ihr lag der Waldrand, als wäre nichts gewesen. Es war vollkommen still. Offenbar hatte sie ihre Verfolger abgehängt. Die blöden eingebildeten Zicken hatten bestimmt Angst, sich dreckig zu machen. Als sie an sich runterguckte, merkte Annika, dass ihre eigenen Sandalen verschmiert und verkratzt waren.

Da sah sie ihre Mutter. Und Mutter sah sie. Genau im selben Augenblick. Mutter stand hinter dem Bootshaus und rauchte. Sie warf die Zigarette weg und versuchte zu lächeln. Annika ging zu ihr.

»Was machst du denn hier?«, fragte sie.

Mutter lächelte angestrengt.

»Und was machst *du* hier?«, gab sie die Frage zurück. »Machst du nicht bei der Quiz-Rallye mit?«

»Ich habe zuerst gefragt«, sagte Annika.

Mutter breitete die Arme aus. Dann holte sie tief Luft, ließ die Arme wieder fallen und wurde ernst. Annika dachte erneut, dass ihre Mutter verflixt fertig aussah.

»Wie geht es dir eigentlich, Mama?«, fragte sie zögernd.

Ihre Mutter hob den Kopf und sah sie überrascht an. Dann begann sie zu lachen. Ein gedämpftes, trauriges Lachen.

»War die Frage irgendwie komisch?«, wollte Annika wissen.

Mutter schüttelte den Kopf.

»Es ist nur so lange her, dass jemand mich danach gefragt hat.«

Ihr schlechtes Gewissen hinterließ einen bitteren Geschmack auf Annikas Zunge.

»Bist du *ihretwegen* traurig?«, fragte sie vorsichtig nach.

»Wen meinst du?«

»Rebekka!«, sagte Annika.

Mutter sah woandershin.

»Die kann meinetwegen machen, was sie will«, sagte sie tonlos.

»Wieso soll sie machen dürfen, was sie will?«, erwiderte Annika irritiert. »Und wieso darf Fredrik sich aufführen, wie es ihm passt?«

»Fredrik?«, fragte Mama überrascht.

»Er ist schon seit ein paar Tagen nicht bei der Arbeit gewesen«, meinte Annika.

»Red keinen Unsinn«, sagte Mama.

»Er sitzt im Wald und telefoniert mit Rebekka!«

Mutter sah aus, als wollte sie loslachen. Aber dann verzerrte sich ihr Gesicht zu einer Grimasse. Sie starrte Annika mit weit aufgerissenen Augen an.

»Hier habt ihr euch also versteckt!«, rief eine Stimme.

Fredrik. Er kam über den Pfad auf sie zugejoggt und Annika fühlte sich an ihren ersten Abend erinnert. Als noch alles eine romantische Idylle war: Mama und Fredrik, eine Flasche Wein und verliebte Blicke. Das schien Ewigkeiten her zu sein.

»Ich dachte, du wärst in der Küche am Wirbeln«, sagte Fredrik lächelnd.

Er war ganz außer Puste, als er vor ihnen stehen blieb. Fredrik strich sich mit der Hand durchs Haar und wollte Mutter umarmen. Aber Mutter machte einen Schritt nach hinten.

»Was ist denn los?«, fragte er verdutzt und schaute von Mutter zu Annika.

»Ich habe Mama die Wahrheit gesagt«, rief Annika. »Über dich!«

»Hä?«, sagte Fredrik und sah jetzt restlos verwirrt aus.

»Annika meint, du wärst seit ein paar Tagen nicht bei der Arbeit gewesen?«, sagte Mutter. Sie formulierte es als Frage, als ob sie nicht recht glauben könnte, was Annika ihr erzählt hatte. Als ob sie erwartete, dass Fredrik ihr widersprach. Aber Fredrik war ein elender Lügner.

»Natürlich war ich bei der Arbeit«, stotterte er.

Auf seinem Hals bildeten sich rote Flecken, seine Augen flackerten unruhig hin und her und auf seiner Stirn stand in großen Buchstaben geschrieben: *Lügner!*

Mutter holte Luft und strich sich mit der Hand übers Gesicht.

»Fredrik«, sagte sie mit brüchiger Stimme. »Was ist hier eigentlich los?«

Fredrik sah Mama an. Dann drehte er den Kopf zur Seite und sah weg.

»Vielleicht sollten wir das unter vier Augen bereden, Brita«, sagte er leise.

»Ich habe dich im Wald gesehen!«, rief Annika. »Als du mit Rebekka gesprochen hast. Gib mir eine Chance, hast du gerufen!«

Mamas Unterlippe begann zu zittern. Sie sah Fredrik an und schüttelte langsam den Kopf.

»Rebekka?«, fragte Fredrik erstaunt. »Die war doch gar nicht im Wald?«

»Du hast telefoniert!«, rief Annika. »Und als ich in deiner Firma angerufen habe, haben die gesagt, du wärst seit der letzten Vorstandssitzung nicht mehr dort gewesen!«

Annikas Stimme überschlug sich. Und Mutter fing an zu weinen. Annika konnte sich nicht erinnern, wann sie ihre Mutter das letzte Mal weinen sehen hatte, jedenfalls nicht so wie jetzt.

»Ich dachte, das wäre was Besonderes zwischen uns«, schluchzte sie. »Ich war sicher, dass du für Rebekka nicht mehr dasselbe empfindest wie früher, sonst hätte ich doch niemals …«

Mutter verstummte und ließ den Kopf hängen.

»Es ist nicht so, wie du denkst!«, sagte Fredrik.

Seine Stimme war laut und zitterte.

»Und wie ist es dann?«, rief Mama. »Kannst du mir das sagen?«

Fredrik senkte den Kopf. Er sah plötzlich so klein aus, dachte Annika. Klein und erschöpft und eingeschüchtert.

»Sie haben mir gekündigt«, sagte er leise.

»Wie bitte?«, sagte Mama.

»Darum ging es bei dem Telefongespräch im Wald. Ich habe mit der Firma telefoniert. Der Vorstand wollte mich nicht länger beschäftigen.«

»Wovon redest du?«, flüsterte Mama.

»Das Defizit war zu groß.«

Annika verstand nicht ganz, wovon er redete. Aber so viel begriff sie, dass er im Augenblick die Wahrheit sagte.

Mutter sah Fredrik misstrauisch an.

»Und wieso hast du nichts gesagt?«

»Das wollte ich ja!«, sagte Fredrik.

»Und wann?«, fragte Annika.

Fredrik fuhr sich durchs Haar. Sein Gesicht war verquollen und ganz nackt.

»Ich wollte erst alles in Ordnung bringen«, meinte er verzagt. »Es wenigstens versuchen, die Dinge zu regeln. Ich möchte doch nur, dass du glücklich bist!«

»Glücklich?«, sagte Mama.

»Ja!«, sagte Fredrik.

Mutter schüttelte langsam den Kopf. Dann legte sie die Hände vors Gesicht und weinte. Ihre Schultern zitterten. In Annikas Hals brannte ein dicker Kloß und die Tränen liefen ihr ganz von allein übers Gesicht.

Und genau in diesem Moment, als Annika dachte, dass das Chaos und die Lügen nicht schlimmer werden könnten, tauchte Erle plötzlich auf, direkt hinter ihnen. Annika hatte keine Ahnung, woher sie gekommen war, aber es war offensichtlich, dass es nicht mehr darum ging, was Annika zu Marius gesagt hatte.

Erle sah Mutter an, die weinte, und sie sah aus, als ob sie auch jeden Augenblick in Tränen ausbrechen würde.

»Es tut mir leid!«, sagte sie mit brüchiger Stimme. »Es tut mir so schrecklich leid, dass ich nicht netter zu dir gewesen bin.«

Mutter schaute hoch und sah Erle verdutzt an.

»Ich wusste ja nicht, dass du krank bist«, sagte Erle. »Wenn ich das gewusst hätte, wäre ich niemals so gemein zu dir gewesen. Kannst du mir verzeihen?«

Annika gefror das Blut in den Adern.

»Krank?«, fragte Fredrik und sah Mutter entgeistert an.

Aber Mutter sah mindestens genauso entgeistert aus wie er. Was nicht weiter verwunderlich war.

»Das ist wirklich schrecklich mit dem Tumor«, schluchzte Erle mit tränenerstickter Stimme. »Kann man den denn nicht wegoperieren?«

»Was für ein Tumor?«, fragte Mama.

Über ihre Wangen liefen schwarze Mascarastreifen und eigentlich sah das ziemlich komisch aus, dachte Annika. Unter *etwas anderen Umständen* hätte sie wahrscheinlich gelacht.

»Na, deiner!«, sagte Erle. »Den du im Kopf hast!«

»Brita!«, rief Fredrik und machte einen Schritt auf Mutter zu. Aber Mutter wich nach hinten aus.

»Ich habe überhaupt keinen Tumor!«, sagte sie. »Annikas Vater hatte einen Tumor im Kopf, nicht ich.«

»Was?«, sagte Erle.

Und plötzlich schien bei allen gleichzeitig der Groschen zu fallen. Wie in Zeitlupe drehten sich alle Gesichter zu Annika um.

»Das hat Annika gesagt!«, meinte Erle.

»Mein Gott!«, sagte Mama.

»War das alles nur gelogen?«, fragte Erle.

»Annika?«, sagte Mama.

»Ich kann gerade nicht ganz folgen!«, meinte Fredrik.

»Jetzt sag doch was!«, sagte Mama.

Das war der Moment, in dem Annika ins Wasser sprang.

Aber wie weit kommt man schon mit einem Kleid und schweren Sandalen?

19

Es regnete. Immerhin etwas.

Wenigstens ein dürftiger, kleiner Trost, dachte Annika.

Die Scheibenwischer bewegten sich gleichmäßig hin und her. Dennoch war es erstaunlich, wie viele Wassertropfen sich auf der Scheibe sammeln konnten, bevor sie weggewischt wurden. Auf der anderen Fahrbahn schlich der Verkehr im Schneckentempo an ihnen vorbei. Autos mit Kanus auf den Dachgepäckträgern, die Kofferräume voller Gepäck und Badebälle. Die anderen waren auf dem Weg in den Urlaub. Wir nicht, dachte Annika. Wir fahren nach Hause.

Keiner sagte etwas. Erle saß mit dem iPod auf den Knien und Ohrstöpseln in den Ohren auf der Rückbank. Annika hätte auch gern etwas gehabt, um die Stille auszusperren.

Erles Handy klingelte, aber sie hörte es nicht. Sie guckte aus dem Seitenfenster. Annika hätte gern gewusst, was sie dachte. Mama starrte geradeaus und Fredrik umklammerte das Lenkrad, als befürchte er, aus dem Auto gesogen zu werden und zu verschwinden, falls er es losließe.

Nachdem Annika aus dem Wasser gefischt worden war, alle sich ein wenig beruhigt hatten und die Geburtstagsgäste gegangen waren, waren Erle und Annika in ihr Zimmer gegangen. Es war erst neun Uhr, aber trotzdem zogen beide ihre Schlafanzüge an und krochen unter die Decke.

Sie redeten nicht miteinander, lagen einfach stumm in ihren Betten, auf dem Rücken, und starrten an die Decke. Weder Fredrik noch Mutter hatten sie aufgefordert, ins Bett zu gehen. Aber wahrscheinlich dachten beide, dass die Erwachsenen wohl mehr als genug zu bereden hatten.

Und so war es in der Tat. Jedenfalls schienen sie sich nicht zu streiten und falls doch, dann sehr leise. Annika konnte ein gleichmäßiges Murmeln hören, ab und zu eine Pause, dann wieder Satzbrocken, die etwas ahnen ließen, aber nicht alles. *Hinters Licht geführt … nie meine Absicht … Die Fusionspläne der Firma haben zur Folge … ob ich mich auf einen Mann verlassen kann, der …*

»Was glaubst du, wie's jetzt weitergeht?«, flüsterte Erle nach einer Weile.

Annika zog die Schultern hoch.

»Weiß ich nicht«, flüsterte sie. »Was glaubst du?«

»Weiß nicht«, antwortete Erle.

Endlich mal wusste Erle genauso wenig wie sie selbst, dachte Annika. Obwohl sie zwei Jahre älter war und den Ort in- und auswendig kannte. Normalerweise hätte Annika sich über diesen Gedanken gefreut, und wenn alles anders gewesen wäre, als es war, hätte sie das bestimmt auch getan. Aber das Einzige, was sie in diesem Moment fühlte, war eine große, unbehagliche Leere. Und das Gefühl, dass sie in dieser Nacht kein bisschen schlafen könnte.

Aber sie schlief trotzdem.

Plötzlich war es nämlich Morgen und Mutter stand auf der Türschwelle. Ihre Augen waren rot gerändert. Sie schien tatsächlich die ganze Nacht kein Auge zugemacht zu haben.

»Aufstehen, ihr beiden«, sagte sie. »Wir wollen fahren.«

Erle und Annika setzten sich verwirrt in ihren Betten auf.

»Fahren?«, fragte Erle. »Aber wir haben doch noch zwei Wochen vor uns?«

Fredrik tauchte hinter Mutter auf. Er sah mindestens genauso müde aus wie sie. Und war sein Haar nicht auch ein bisschen grauer?

»Tut mir leid«, sagte er entschuldigend. »Aber ich muss zurück nach Hause, um mich gründlich mit meinen Arbeitgebern auszusprechen. Möglicherweise muss ich mir einen Anwalt nehmen. Und es hat doch keiner was davon, wenn ihr alleine hier draußen hockt.«

Es waren keine Proteste gekommen. Nicht einmal von Erle. Und im Lauf von drei Stunden hatten alle ihre Sachen gepackt. Mutter hatte die Gartenmöbel verstaut, Fredrik das Boot reingeholt, Erle war zu Terese und Marius geradelt, um sich zu verabschieden, und Annika hatte ihr Kleid von der Leine genommen und festgestellt, dass es noch nicht trocken war.

Fredrik setzte den Blinker und bog zu einer Tankstelle ab.

»Flüssigkeit für die Scheibenwaschanlage«, sagte er knapp und machte den Motor aus.

Dann stieg er aus dem Auto und ging über den Parkplatz zur Tankstelle. Obgleich es in Strömen goss, ging er ganz gemächlich.

Mama holte Luft und drehte sich um.

»Ich gehe auch mal ein bisschen Luft schnappen«, sagte sie, machte die Tür auf und war weg.

Erle nahm den Kopfhörer ab und sah Annika an.

»Wo wollen die hin?«

»Flüssigkeit zum Scheibenwischen und so«, sagte Annika.

Erle nickte, setzte den Kopfhörer wieder auf und fummelte an dem iPod herum.

»Und wie soll es jetzt weitergehen?«, fragte sie, ohne den Blick zu heben.

»Was meinst du?«, fragte Annika.

»Na ja, haben sie Schluss gemacht oder nicht?«

Erle guckte hoch. Annika zuckte mit den Schultern. Und zu ihrer großen Überraschung stellte sie fest, dass sie sich nicht wünschte, dass Mama und Fredrik Schluss gemacht hatten.

»Noch zwei Wochen bis zum Ende der Sommerferien«, sagte Erle mit einem Seufzer. »Und was machen wir so lange?«

Sie hat *wir* gesagt, dachte Annika. Nicht *ich*.

»Wir könnten campen«, schlug Annika vor.

»Red keinen Quatsch!«, sagte Erle. »Campen ist blöd!«

»Nein«, sagte Annika. »Du bist blöd.«

Erle verdrehte die Augen, grinste aber. Annika hatte es gesehen, ganz deutlich. Erle begann wieder, an dem iPod rumzufummeln.

»Bist du sauer?«, fragte sie leise. »Wegen allem?«

Als Annika nicht antwortete, hob Erle den Kopf und sah sie an.

»Ich sollte mich wohl entschuldigen«, sagte sie.

»Ich auch«, sagte Annika.

»Ja«, sagte Erle.

»Aber du mehr als ich«, meinte Annika.

»Ja«, sagte Erle.

»Stink ich wirklich nach Pisse?«, fragte Annika.

Erle schüttelte energisch den Kopf.

»Du riechst gut«, sagte sie. »Nach Seife und Shampoo und so.«

Annika nickte. Es wurde wieder still. Nur der Regen trommelte kräftig und gleichmäßig auf das Autodach.

»Du hast vorhin eine SMS gekriegt«, sagte Annika.

Erle nahm ihr Handy und drückte ein paar Tasten. Gleich darauf grinste sie breit.

»Ich soll dich von Marius grüßen!«

»Quatsch«, sagte Annika.

»Er schreibt, dass er Mädchen mit Sommersprossen mag.«

»Das denkst du dir doch nur aus!«, sagte Annika.

Ihr Gesicht wurde ganz warm, obwohl sie das gar nicht wollte. Erle lachte und hielt ihr das Handy hin.

»Sieh selbst!«, sagte sie. »Das schreibt er wirklich.«

Annika zog die Schultern hoch, guckte aus dem Fenster und tat so, als würde es sie nicht die Bohne interessieren, was dieser Marius von ihr hielt.

»Warum rufst du ihn nicht an?«, fragte Annika.

»Jetzt?«, sagte Erle.

»Ja.«

Erle biss sich auf die Unterlippe und sah Annika an.

»Meinst du wirklich?«

»Würdest du dich über einen Anruf von ihm freuen?«, fragte Annika.

»Ja!«, sagte Erle und wurde rot.

»Warum soll er sich nicht genauso freuen, wenn du ihn anrufst?«

Erle grinste und nahm das Handy.

»Ich gehe jetzt rüber zur Tankstelle aufs Klo«, sagte Annika. »Also, alles klar?«

Sie zeigte streng auf das Handy. Erle biss sich wieder auf die Lippe und nickte folgsam.

Mutter stand auf der Rückseite der Tankstelle und rauchte.

Ihr Haar war zerzaust und lockte sich im Regen. Niemand hat so schöne Haare wie Mama, dachte Annika. Wenn sie nur nicht so unglücklich aussehen würde. Sie rauchte hektisch und fuhr sich immer wieder durchs Haar. Da sah Annika Fredrik aus dem Tankstellenshop kommen und zielstrebig auf die Toiletten an der Rückseite zusteuern, genau dorthin, wo Mama stand.

Annika huschte hinter einen großen Container. Sollte sie etwas unternehmen? Fredrik ablenken, damit er nicht sah, was Mama machte? Aber dazu war es bereits zu spät. Fredrik bog um die Ecke und sah Mama, und Mama rauchte weiter, obwohl sie ihn kommen sah.

»Du rauchst?«, sagte Fredrik verdutzt.

»Ja«, sagte Mama. »Hin und wieder rauche ich.«

Fredrik nickte unsicher.

»Gesund ist das ja nicht?«, sagte er.

»Nein«, sagte Mama. »Aber ich bin erwachsen und entscheide selber, was gut für mich ist und was nicht.«

»Ja klar«, sagte Fredrik.

Annika krümmte sich hinter dem Container zusammen und musste grinsen.

»Ich habe beschlossen, allmählich damit anzufangen, die Wahrheit zu sagen«, meinte sie mit einem Nicken in Richtung der Zigarette zwischen ihren Fingern. »Das ist doch eigentlich ein schönes Ziel, nach dem man sich strecken kann. Die Wahrheit!«

Fredrik atmete tief ein und sah ihr in die Augen.

»Ich bedaure zutiefst, dass ich dich angelogen habe«, sagte er.

»Das war wirklich schrecklich dumm von dir«, sagte Mama.

»Ja«, meinte Fredrik.

Mutter nahm einen letzten Zug von ihrer Zigarette, bevor sie sie auf den Asphalt fallen ließ und mit dem Absatz ihrer hochhackigen Schuhe austrat.

»Ich muss damit rechnen, dass ich den Wagen abgeben muss«, sagte Fredrik. »Der läuft über die Firma.«

»Das Auto ist mir doch scheißegal!«, sagte Mama.

»Ja?« Fredrik fing an zu lachen.

Und da musste Mama auch lachen. Es war ihr altes, echtes Lachen. Fredrik legte seine Hand auf Mutters Wange. Und Mutter legte ihre Hand auf seine. Sie schauten sich ganz tief in die Augen. Und als es so aussah, als ob sie sich küssen würden, drehte Annika sich um und lief zurück zum Auto.

So weit ging ihre Neugier dann doch nicht.

Heidi Linde wurde 1973 in Norwegen geboren. Sie besuchte die Norwegische Filmschule und arbeitet als Drehbuchautorin für Film und Fernsehen. 1998 erschien ihr erstes Kinderbuch, seitdem hat Heidi Linde mehrere Romane für Kinder und Erwachsene veröffentlicht.